DUC HE
STI
RIE
Comte de Cilley
Carni
DE CAR
Moyenne
Car
ni
OLE
Win
dis
marck
CRO
CLA
ES
Mor
la
Passayl
Fronleyten
Helpach
Pecka
Stadel
Prield
Hermanstain
S. Ruprecht
Hartperg
Neydaw
Ridling
Furstnfeld
Kobencz
Veistrich
Gradwyn
Reyn
Gutt
berg
GRACZ
Waitz
Kalsdorf
Haustettin
Lymberg
Kornburg
Reckaspurg
Gleichnberg
Weyterfeld
Rackelsburg
Iltz
Weystricz
Hohnpruth
Kirchsperg
Fering
Weynperg
Alhayling
Egerzek
S. Georg
Vaswar H.
Eisnaburg G.
Fewl Sclyndna H.
Ob Lymbach G.
Portlstain
Valbach
Buzadzyget
Zalawar
Sala
Kanysia
Asolyndna
Nider Lymbach
Kapornak
Almad
Obdach
Muschnicz
Scheflarn
S. Leonhart
Landsperg
Gotdnstat
Wildhaus
Drabu
Maut
Dobla
S. Florian
Greysneck
Landspurg
Wildan
Leybnicz
Murckh
Murceck
Gelnycz
Horneck
Kleyn
Burgstat
Traumberg
Bischoffen
Schwamburg
Holneck
Negaw
Marchpurg
Bornberg
Brunberg
Gutenhag
Lutenberg
Graben
Zum Sontay
Stride
Bakhyn
Fridaw
Neylecz
Czakon
thurn
Merenburg
Wildaw
Pettaw
Seldnhoven
Lembach
Cranich
feld
Pulsca
Newstift
Trachnstain
Wesinitz
Warasdin
Brilach
Sakhon
S. Elizabeth
Zerdahel
Copranitz
Prodanitz
Wyndisch
gracz
Weitnstain
Fraven
hein
Feistritz
Monspurg
Grunenburg
Studenitz
Blankenstein
Gonnawitz
Rymsperg
Rohitsch
Krapin
Unser Frawe
Vedwa
Bella
Ramyng
Creutz
S. Peter
S. Martin
Dombro
Gordena
Chasina
Garukh
S. Georg
Altenburg
Saaneck
Heckenberg
Presperg
Aynod
Lemburg
S. Peter
Saxnfeld
Hum
S. Georg
Gradatz
Westricz
Popelsch
Troia
Bas
Framckz
CILLEY
Landsperg
Tisser
Trachnburg
Kaysersperg
Sudlestat
Lytai
Veygslpach
Weygslprun
Toplitz
Steinberg
Liechtenberg
Kunigsperg
Liechtenwald
Reichnburg
Rain
Medweck
Capithl
Agram
Soset
Novigrad
Crastenivizc
Progoneck
Gallenberg
Schersnburg
Mokriz
Kocknstain
Gurchfeld
Hart
Nassenfues
Thurn
Mokricz
Crastowitz
Zagrabia
Winidel
Neideck
Reinburg
Ober Gurck
Klingenfels
Landstrass
Ortneck
Seissnburg
RUDOLFS WERD
Preisseck
S. Anna
Warckhischo
vina
SISAKEN
SISSEG
Proseck
Aynod
Feistricz
Reyfnick
Gotsche
Fridenchstain
Toplitz
Puganitz
Kaczndorf
Pokubskhy
Carlstat
Dopolschen
Pettrina
Wednish
Czirniczer
Sera
Aspera
Kacznfeld
Rosseck
Stemitz
METLING
Warkositsch
Chresna
Prickavesky
Wana
Costanouiz
Lybse
Ottock
Stegberg
Kostach
Krupp
Scherwenihl
Grabneck
Gracz
Lyrach
Ribnick
Swetzschweg
Perna
Wydaytsch
Glyna
Chwastantzky
Dubrovina
Blagay
Freyenthurn
Polan
Weyniscz
Kulp
Lipa
Stajkotfrysch
Khersti
Novogradeck
Sagor
Teufelsgarten
Ossifnitz
Dobra
Isanilsg
Klorsch
Eschantsky
Buschaviz
Poglana
Tersacz
Tresenick
Ougulun
Ouglin
Kladusch
Slon
Weschin
Bradschay
Iapra
Vakowicz
Bucariza
Drassitsch
Modrusch
Schlussitza
Starlitsch
Obrowacz
Kastchon
Costiaco
VEIT am FLAUM
Tervicr
Tersicz
Muntz
Welay
FIUME
S. Martin
Ziernowicz
Toplitz
Toplitz
WIHITSCH
BIGIHON
Warsetsch
Magiore
Urando
Fiana
Mosko
Dobranin
S. Niclas
Vornick
Nout
Pryndel
Maresnutza Flu.
Fara
sino
Lorenzo
Shiela
S. Nicolo
Marag
Cao
VEGIA
Vegia
Verbenicho
Is.
ZENG
SEGNA
Ottoschatz
Warletodt
Welay
CHERSO
Cherso
Welka
Bescha
S. Georg

Roswitha M. Renner
Weihnachten 79

Kristian Sotriffer: Die verlorene Einheit

Kristian Sotriffer

Die verlorene Einheit

Haus und Landschaft zwischen Alpen und Adria

Edition Tusch Wien

1–2 Heiligenbrunn/Burgenland (1975). Weinkeller mit unverputzten und lehmverputzten Blockbauten aus manuell bearbeiteten Baumstämmen und strohgedecktem Rofendach. Die Kellergebäude dieses ausgedehnten und unter Denkmalschutz gestellten Bauareals stammen meist aus der zweiten Hälfte des 18. Jahrhunderts. Die urtümlichen Holzbauten bilden mit ihrer Umgebung: Weingärten und Obsthainen, eine natürliche Einheit. (Siehe dazu auch Abbildung 41.)

1

Dieses Buch

ist ein Buch des Abschieds. Des Abschieds von Lebens-, Arbeits- und Wohnformen, wie sie in bestimmten Bereichen des alten Europa gerade noch gefunden werden können. Dort, wo industrielles, technologisches, betriebswirtschaftliches Nutzdenken noch nicht überhandgenommen hat. Wo der „Fortschritt" unwillentlich noch keinen Eingang finden, wo er sich — aus ökonomischen Gründen oder solchen der Abgeschiedenheit bestimmter Gegenden von den pulsierenden Zentren — noch nicht ausbreiten konnte.

Die Bilder dieses Bandes und was sie an Hinweisen begleitet, können und sollen unter mehreren Gesichtspunkten betrachtet werden und nachdenklich machen.

Der wichtigste ist vielleicht der: Diese Bilder vermitteln einen Reichtum, der uns unter den Fingern zu zerrinnen droht. Der größere Teil dessen, was sie zeigen, wird in naher Zukunft nicht mehr existieren. Es handelt sich also zunächst um den Versuch einer Art Bestandsaufnahme von kennzeichnenden Beispielen, wie sie gerade noch angetroffen werden können und eine Vielfalt bezeugen, die nun mehr oder weniger jener Einfalt weicht, von der sich erst herausstellen muß, ob sie zur Lösung der vielen anstehenden Probleme, die zu übersehen natürlich unmöglich ist, taugen kann. Auf jeden Fall bedeutet die mit ihr verbundene Mißachtung zweier Naturteile, deren einer den Menschen umgibt und deren anderer in ihm selbst ist, eine Verarmung.

Ein weiterer wesentlicher Aspekt ist der, zu zeigen, welche Ordnungen sich Menschen, die auf dem Land leben und arbeiten, wie Generationen vor ihnen, einmal selbst zu geben wußten, und daß diese Ordnungen natürlich auch eine — ungewollte, wenn man will — ästhetische Seite haben, die uns umso mehr berühren kann, je deutlicher wir ihren Verlust in anderen Bereichen empfinden — den Unordnungen unserer „unwirtlichen" Städte zum Beispiel.

Die Bilder dokumentieren schließlich die vielen Fäden, durch die Landschaft und Bauweise nicht nur unter sich, sondern über bestimmte Regionen hinaus auch mit benachbarten Bereichen verbunden waren, ohne ihren spezifischen Charakter zu verlieren. Gemeinsame Lebens- und Arbeitsweisen verursachten miteinander verwandte Einstellungen zum Haus, das ein Leben hatte, und zur Umwelt, die man nicht nur respektierte, sondern in das Haus durch Materialien und deren Verwendung zur Gliederung der Bauteile hereinholte, die sich also in ihm spiegelten.

Der Sinn dieses Buchs ist schließlich auch der, einen Kulturbereich zu kennzeichnen, über den bisher bestenfalls Einzeluntersuchungen, bezogen auf eng um-

rissene Regionen, existiert haben, der aber in seiner Gesamtheit und der Verflechtung seiner Teile untereinander nie betrachtet oder untersucht worden ist (wobei eine detaillierte Beschreibung auch nicht der Zweck dieses Buchs sein kann). Eine derartige, durch Aufnahmen von bestimmenden Formelementen zwischen Alpen und Adria in wenig besuchten und vom Tourismus nur zum Teil erfaßten Gebieten belegte Bestandsaufnahme ist gerade noch möglich – eine Geschlossenheit ist gerade noch dokumentierbar, die sich woanders schon früher und viel rascher aufgelöst hat, obwohl diese Auflösungserscheinungen sehr rezente sind. In fünf bis zehn Jahren wird, was hier gezeigt werden kann, so schon nicht mehr existieren, und vieles wurde bereits kurz nach der Erarbeitung dieses Materials zerstört – nicht nur durch ein katastrophales Erdbeben wie das in Friaul (1976), dem so viel zum Opfer gefallen ist, was gerade dort noch „intakt" schien. Die Bildlegenden verweisen daher auch auf Aufnahmedaten und gelegentlich – wo dies ein erneuter Augenschein ermöglichte – auf inzwischen erfolgte Veränderungen, Auflösungen, Zerstörungen bzw. zu erwartende Einbrüche.
Da der Umwälzungs- und Umwertungsprozeß, dem sich ländlich-bäuerliches Leben unterworfen sieht, ein allgemeiner und andere, gefährdetere Landschaften noch wesentlich stärker betreffender ist, wird in den Texten auch auf Auseinandersetzungen geachtet, die heute ganz allgemein und nicht etwa nur von Volkskundlern – die vor allem auch von Künstlern, Architekten und Schriftstellern oder Ausstellungsmachern geführt werden. Der Autor dieses Buches beschäftigt sich aus Neigung und berufshalber vor allem mit zeitgenössischer Kunst. Von ihr und ihren Bestrebungen einer „Spurensicherung" her öffnete sich ihm der Blick für Qualitäten und Bezugspunkte, die er sonst vielleicht übersehen hätte. Möglicherweise ist dies der Grund, warum so viele aus den Städten ausziehende Künstler und Dichter mit ihren schwachen Kräften den Kampf zur Erhaltung dessen angetreten haben, was noch immer vor seiner völligen Vernichtug bewahrt werden kann. Vorausgesetzt, daß es gelingt, rechtzeitig über das aufzuklären, was einer Allgemeinheit nützt. Sie ist ja auf zu erhaltende Substanzen der Art angewiesen und kann in ihnen eine Identifikationsmöglichkeit finden, wie sie dieses Buch zu verbildlichen sucht. In Einheiten, die gewachsen sind, aus denen wir hinausgeworfen wurden und in die wir uns wieder zurücksehnen, weil sie menschlich sind.

Noch gibt es aber – und vor allem dort, wohin dieses Buch führen möchte – so vieles einigermaßen intakt Erhaltenes, daß es sich lohnen wird, Überlegungen darüber anzustellen, wie man diese Teile davor retten könnte, das Schicksal von Landschaften mit „besserer Infrastruktur" zu erleiden. Die Aussichten dafür steigen: Dafür möchte dieses Buch unter anderem werben. Ein Teil jener Gegebenheiten, die es dokumentiert, wird sich dennoch vor Veränderungen und Zerstörungen nicht bewahren lassen, weil sie gerade jetzt, heute und morgen, unter unseren Augen, vor sich gehen.

„Illyrische“ Region

Von den Kulturlandschaften des Alpenraumes – die in sich, bedingt durch verwandte Lebens- und Arbeitsbedingungen, natürlich zusammenhängen – hebt sich jene eine ab, die durch die verschiedensten ethnischen Einflüsse geformt wurde. Diese noch näher zu definierende „illyrische“, verschiedene politische Grenzen überschreitene Region ist keine ausschließlich von fränkisch-bairischen oder von mediterran-alpinen Siedlugsformen bestimmte (wie etwa Oberösterreich und Salzburg oder das Tessin und das Piemont). Das germanische und romanische Element verbinden sich dort, an den östlichen Ausläufern des pannonischen, den nördlichen des slawischen und den westlichen des rätisch-ladinischen Bereichs, mit Kulturelementen, die bis in eine vorrömische und vorgermanische, schwer zu kennzeichnende Kultur zurückreichen und für die sich der Begriff „illyrisch“ mit einigem Recht verwenden läßt.

Als eine Art Hilfskonstruktion mit imaginärem Charakter taugt der Begriff für die Kennzeichnung des Andersartigen eines Natur- und Kulturraums, der sich von anderen unterscheidet und der sich vom südlichen Burgenland, dem steirisch-slowenischen Murgebiet westwärts bis Südtirol fortsetzt, aus mehreren Gründen.

An frühere historische Zusammenhänge anschließend, hat Napoleon nach dem Frieden von Schönbrunn mehrere von Österreich abgetretenen Länder zu den sogenannten „Illyrischen Provinzen“ zusammengefaßt: Das waren Westkärnten, Krain, Görz, Triest, Istrien, Fiume, Dalmatien und ein Teil Kroatiens. Als diese Provinzen 1814 an Österreich zurückfielen, enstand aus diesen Ländern (ohne Dalmatien, Fiume und Kroatien, aber mit Ostkärnten) ein Königreich Illyrien, das sich 1849 durch die Konstituierung der Kronländer Kärnten, Krain und Küstenland auflöste.

Der Begriff „Illyrien“ leitet sich von jener Völkergruppe ab, deren Existenz im Altertum im Nordwest-Balkan und an der Adriaküste bezeugt wird. Seit 167 v. Chr. waren die Küstengebiete bis Tergeste (Triest) von den Römern unterworfen und unter dem Namen Illyricum der Provinz Gallia Cisalpina angegliedert worden. Seit 10 n. Chr. handelt es sich um die Provinz Pannonien.

Das illyrisch-keltische Element erwies sich südlich des Alpenbogens zweifellos resistenter als anderswo. Dafür gibt es zahlreiche kleine Indizien, die es mit sich zu bringen scheinen, daß zwischen Alpen und Adria, dem Obermurgebiet, dem Drautal und darüber hinaus Menschen lebten und leben, deren Existenz- und Wesensart trotz verschiedener Volksgruppenzugehörigkeit sich nicht wesentlich voneinander unterscheidet – sich andererseits als ein Amalgam darstellt, das in seiner Verflochtenheit des Verschiedenen mit dem Gleichartigen auffällt und auf relativ engem Raum eine gewisse Farbigkeit erzeugt (oder erzeugt hat), die in geschlosseneren Räumen nicht anzutreffen ist.

Diese Farbigkeit äußert sich im gestalteten Naturraum, der sich von Tal zu Tal verschieden darstellen und gewisse Gemeinsamkeiten dennoch nicht leugnen kann. In allen diesen Ländern, von denen hier die Rede ist, wurde (in Kärnten bis zum Beginn dieses Jahrhunderts) Wein angebaut, grenzt hochalpines Klima relativ unvermittelt an ein südlich-mildes, gab und gibt es Gemeinsamkeiten der Felderwirtschaft, des Handels, des Brauchtums – und eben auch der Bauweise. Die Betonung liegt auf Gemeinsamkeit, denn im einzelnen fächert sich alles in jener Form auf, für die ein diese Regionen Erfahrender zahlreiche Beispiele finden kann. Die Zugänge in diese Gebiete entsprechen in ihren zahlreichen Übergangsformen den sich verschieden auffächernden Strukturen. Das sind Täler und Bergrücken, Engen und Weiten, Abschlüsse und Übergänge oder Verbindungen, innerhalb deren eine Art Zirkulation stattfand, durch die sich etwa zwischen dem istrianischen und dem ladinischen Bereich von alters her weiterwirkende Formen einer gemeinsamen Kultur ergeben konnten – man denke dabei nur an die „Castellieri" in Istrien und die mit ihnen verwandten Wallburgen in Südtirol.

Es gibt – vor allem geographisch bedingt – sehr geschlossene Bereiche innerhalb dieses „illyrischen" Raums wie etwa den des Karstgebiets. Andererseits aber eben auch zahlreiche Überleitungen. So ist es auch Franz Tumler aufgefallen, wie sich die Landschaft zu verändern, wie sie vergleichsweise weich und „slawisch" zu werden beginnt, wenn man vom Sextental über den Kreuzberg-Sattel ins Cadore und von dort aus weiter durch das nördliche Friaul gegen den Isonzo fährt. Andererseits haben sich in Karnien – bedingt durch seine mittelalterliche Besiedlungsgeschichte – hauptsächlich aus dem Norden (Kärnten und Osttirol), dem slowenischen Osten und dem venezianischen Süden Konfrontationen ergeben, die sich nur in seltenen Fällen in reinen baustrukturellen Ausprägungen manifestieren – sich häufiger jedoch in eben jenen Mischformen zeigen, die das Salz dieses Kulturraums bilden. Die Art, wie dieses Bauen parallel zur Natur, diese „anonyme Architektur" auf die sie umgebende Landschaft antwortet, wie sie mit ihr korrespondiert, läßt es schließlich zu, daß sich der in ihr bewegende und ihre Zusammenhänge in stofflichen, sinnlich-greifbaren Zeugnissen zu objektivieren suchende Beobachter bald überall zu Hause fühlt: bei den südburgenländischen, südsteirischen (slowenischen) oder friulanischen Weinbauern ebenso wie bei den Bergbauern zwischen Karawanken und Dolomiten. Was die Bewohner dieser Landschaften miteinander vereint, ist ein gemeinsamer Geist, aus dem heraus sie leben und ihre Arbeit verrichten. Er bleibt überall dort spürbar, meßbar, wo sich über ihn nicht jenes nivellierende Element geworfen hat, dem ein Buch wie dieses etwas entgegensetzen möchte.

3 Diex/Kärnten (1975). Detail des Hauses auf Farbtafel 38

3

4

Landschaften

Sanfte Übergänge, abrupte Überschneidungen zwischen Ebene und Berg, bewaldeter Hügellandschaft und kahlem Fels, ruhiger Flußlandschaft und dramatischen Schluchten, sich ausweitenden und verengenden Tälern, wasserreichem und trockenem Gebiet mit entsprechenden klimatischen Folgen, ein hartes Aneinanderstoßen von fruchtbarem und unfruchtbarem Boden sind die Regel. Dieser Vielfalt und dem mit ihr verbundenen Stimmungs- und Erlebnisreichtum sind kaum Grenzen gesetzt. Wie abwechlungsreich akzentuiert sich allein die Landschaft Südkärntens zwischen dem Steilabfall der Saualpe und den Karawanken – Urgestein und Kalkgebirge, dazwischen föhrenbestandene Trockenbereiche, Moore, Heidelandschaften, Nadelwald, Wiesen, Felder, darin verschiedene Haus- und Hofformen, die einerseits an steirische und südburgenländische, andererseits an slowenische Typen anschließen und dabei dennoch auch Eigenständiges, in sich Geschlossenes bewahren, überlieferte Lebensformen eines ganz bestimmten Bereichs dokumentieren, abhängig von unwägbaren Prämissen, die einmal von Grund- und Lehensherren, von lokalen Gewohnheiten und ökonomischen Bedingungen bestimmt worden waren.
Die in diesem Band gesammelten Bilder bezeugen das Ineinanderfließen von Natur und den ihr aufgeprägten Spuren einer Kultivation, die noch keine Vergewaltigung war. Sie bezeugen das Wirken von Menschen, die Teile dieser Natur für sich nutzbar zu machen verstanden, indem sie behutsam und respektvoll in sie eingriffen, stets mit ihr und nie gegen sie arbeitend. Für sie, die noch vor etwa hundert Jahren drei Viertel der Bevölkerung bestimmten (in Kärnten etwa arbeiteten 1890 63,9% aller Beschäftigten in der Land- und Forstwirtschaft; 1961 waren es noch 17,8%), war Natur gleichbedeutend mit ihrem Leben. Daher blieb Landschaft stets Landschaft auch dort, wo sich das Wirken des Menschen bemerkbar machte. Das war einfach ein Erfordernis, das man erst in jüngster Zeit glaubte ignorieren zu können: „Die Landschaft wird immer mehr zum Schlachfeld von Interessen, und es gehört geradezu zur Schizophrenie der Situation, daß die sogenannten allgemeinen Interessen oft die größten Schäden anrichten“ (Friedrich Achleitner).

4 *Dosoledo bei Comelico/Cadore (1975). Der Ort mit einer für diese Gegend charakteristischen unoriginellen Mischarchitektur, wie sie sich in diesem Jahrhundert an die Stelle alter Strukturen gesetzt hat, wird noch von einer Gruppierung einfacher kubischer Baukörper abgeschlossen – Bergehäuser, die mit Brettern verschalt wurden und die eine Art Wall gegen das abfallende Wiesengelände bilden.*

Heute leben noch etwa 15% der Menschen jener Regionen, aus denen diese Bilder stammen, in Bauernhäusern. Es ist also noch nicht lange her, daß bestimmte Bauweisen, die ein bestimmtes Leben nach außen kehren, eine Konstante aufwiesen, die grundsätzlich und methodisch bereits in urgeschichlicher Zeit ausfindig gemacht worden war.

Innerhalb einer sehr kurzen Zeit hat sich dieses Leben gründlich gewandelt; es kehrt sich nun seinerseits nach außen: sichtbar an Veränderungen der Architektur und agrikultureller Strukturen, die auch das Landschaftsbild bestimmten. Man muß dabei das frühere Leben und seine Zeugnisse gegen das neue gar nicht mit einem verklärt-romantischen Blick ausspielen wollen, um dennoch erkennen zu können, daß uns etwas verlorengeht: eine enge, auch auf Empfindungen, Erfahrungen und auf einer eigenen Ethik beruhende Verbindung zwischen dem Menschen, seiner Arbeit, seiner Behausung und der Art seiner Behauptung gegenüber der Umwelt, die zu beeinträchtigen er schon aus technischen Gründen nicht in der Lage gewesen wäre.

Heute kann er das, der Mensch, auch der in nichtstädtischen Räumen lebende und arbeitende. Und da er nicht in der Lage zu sein scheint, zu beurteilen, was er zugunsten des Veränderbaren an Substanzen aufgibt, die sein Selbstverständnis jahrhundertelang bestimmt haben — weil dies allem Augenschein nach so zu sein scheint, ist es notwendig, nochmals darzustellen, was er unter anderem und nicht nur ihn selbst betreffend aufgibt. Das ist, wie gesagt, gerade noch möglich, vor allem dort, wo sich der „Fortschritt", der wirkliche und der falsche, noch nicht in jenem Maß verbreitet hat wie anderswo: zwischen der pannonischen Tiefebene und den Gebieten um Mur und Drau; im Bogen zwischen dem Südosten Österreichs, Slowenien, Kärnten und Tirol; im Mischbereich slawischer, germanischer und mediterraner sowie illyrisch-keltischer oder rätischer Kultur zwischen den Karstlandschaften um Triest über das Friaul und das Cadore bis nach Südtirol.

Was den Begriff der Kulturlandschaft und damit auch den einer Haus- und Hoflandschaft ausmacht, läßt sich dort nach wie vor erleben: Es sind die regional wechselnden, wirtschaftlich-klimatischen Gegebenheiten folgenden, in variantenreicher Systematik entstandenen Bebauungs- und Bewirtschaftungsformen, die ein Kontinuum erkennen lassen. Dieses Kontinuum führte über die Jahrhunderte ins Heute und wird von ihm mit einemmal unterbrochen. Die Folgen dieses Übergangs einer Agrarkultur in eine von der Maschine diktierte, mechanisierte Form, die nur noch ökonomischen Bedingungen gehorcht, von denen angenommen wird, es seien die einzig möglichen, sind unübersehbar.

Im genannten Bereich ist eine Baulandschaft immerhin noch in Derivaten aufzufinden, die eine Vorstellung von den Reichtümern vermittelt, die uns verlorengehen: Es ist nicht so sehr das einzelne Objekt selbst, sondern sein Bezug zur Landschaft, zu all den sie prägenden Formen, das vom alten System der Kultivierung ausgeht. Zur Baulandschaft zählt die Ackerfurche wie die Strohtriste, das „Kornmandl" wie der Zaun, die Mauer wie der Weg. Lebendiges Bauen setzt sich

Hoffront eines Stadels und Hauptfront eines Hauses am Millstätter See/Kärnten

zusammen aus der Dachform, der Art ihres Belags, der Stellung von Gebäuden zueinander, aus dem Verband von Holz und Stein, Treppe, Laube und Dach, Haus und Baum.
Um die Vielfalt der Bauweisen in verschiedenen Regionen und ihren geographischen, klimatischen, ethnischen Bedingtheiten (die viele Gemeinsamkeiten wiederum durch das Bauen nach außen kehren) erkennen zu können, bedarf es nur des beobachtenden Auges. Des für Feinheiten von Übergängen, Besonderheiten, Zusammenhängen empfindlich gemachten Blicks. Ihn zu schärfen, Achtlosigkeit zu verhindern, Blickpunkte auszuweiten, ist mit der Zweck dieses Buchs.
Ein Aufmerksammachen kann verhindern, daß nicht vernichtet, nicht aufgegeben wird, was neuen Formen des Lebens nicht unbedingt geopfert werden muß, sondern meist nur aus Desorientiertheit oder falsch verstandenem Nutzdenken dem Untergang preisgegeben wird. Viele der hier gezeigten Beispiele sind von Zerstörung bedroht oder existieren bereits nicht mehr. Andererseits sind unsere Einsichten in die Möglichkeit gewachsen, ein kulturelles Potential zu bewahren, das uns in vieler Hinsicht wertvoll sein muß. Es gibt auch einen „Denkmalschutz" für Bauten und Ensembles, die man noch vor zehn Jahren keineswegs für schützenswert hielt — von einigen Liebhabern und Kennern abgesehen. Die Chance, in Zukunft vorsichtiger und verantwortungsvoller zu verfahren, wenn es um notwendige und sinnvolle Veränderungen geht, sind gewachsen. Je differenzierter unser Wahrnehmungsvermögen ausgebildet wird oder erhalten bleibt, desto besser sind die Aussichten, daß nicht schon alles als unwiederbringlich verloren angesehen und bewertet werden muß, was dieses Buch an Beispielen für eine aus lebendigen Zusammenhängen heraus gewachsene und eine bestimmte Lebensweise dokumentierende Typologie sammelt.
Dieses Buch will jedoch nicht nur zeigen, was uns aus vorindustriellen Zeiten immerhin noch geblieben ist. Es will vor allem auch die Frage aufwerfen, ob wir uns den Verlust dieses kulturellen Gefüges auf dem Land leisten können, und damit auch die Terrorisierung der Landschaft. Es sind die Fragen, die heute Soziologen, Ökologen, Künstler und Architekten bewegen und jene wenigen, die unter dem Traditionellen nicht nur das überflüssige Alte verstehen, sondern in ihm die Wurzeln unseres Herkommens sowohl in geistiger wie wirtschaftlicher Hinsicht mit all den damit verbundenen, bewußtseins- und gefühlsformenden, natürlich auch ästhetischen Verknüpfungen sehen. Wenn Menschen, die man nicht als volkstümelnde Atavisten betrachten kann, weil sie der modernen Welt durchaus zugewandt sind und in sie auch durch ihre Arbeit eingreifen, sie zu formen verstehen — wenn also Zeitgenossen von einigem Einsichtsvermögen das Problem des drohenden Ruins unserer Kulturlandschaften auch in ökonomisch-politischer Hinsicht aufgreifen (was nicht nur mit Schutz, sondern auch etwas mit der Tat zu tun hat), so hat das seinen Grund im Wunsch nach der Erhaltung von für uns alle lebenswichtigen Strukturen. Wenn also ein Architekt wie Roland Rainer auf das Beispiel China verweist („Die Welt als Garten — China", Graz 1976), so hat das seinen Sinn:

Giebelseite eines Wohnhauses und Hauptfront des Stadels im Liesertal/Kärnten

„Angesichts einer für uns selbstverständlich gewordenen, fast um ihrer selbst willen betriebenen Mobilität, über deren deprimierende soziologische und psychische Folgen in den USA neuerdings Packard berichtet hat, erscheint es nötig, daran zu erinnern, welch entscheidende Rolle die Bindung an Ort und Zeit, die Kontinuität aller Bemühungen beim Weitergeben spezieller örtlicher Erfahrungen hinsichtlich Boden, Klima und Vegetation und nicht zuletzt hinsichtlich ökologischer Zusammenhänge für eine Bauernkultur spielt, deren Erfolg ja von der generationenlangen Pflege des Bodens und der ganzen Landschaft im Sinne solcher Erfahrungen oder Überlieferungen abhängt."
Dort, in China, versteht man noch, daß wir Gast auf dieser Erde sind und nicht zu deren bloßen Ausbeutern werden dürfen – daß wir auch eine Verantwortung gegenüber kommenden Generationen zu tragen haben.

5 *Kleines Bauernanwesen am Hang des Monte Prât/Friaul, über dem Tal des Tagliamento (1976). Inmitten eines trockenen, busch- und krüppelholzbestandenen felsigen Areals wird die Fruchtbarkeit der von einer Mauer umgebenen Doline genutzt. Bilder dieser Art setzen sich über den Karst bis Istrien fort.*

5

Verlust der Form

In einem unmittelbaren und denkbar engen Verhältnis zum Seßhaftwerden des Menschen steht das Bauen. „Die Art, wie du bist und ich bin, die Weise, nach der wir Menschen auf Erden sind, ist das Bauen" (Martin Heidegger). Es war durch seine Zweckbestimmung von vornherein an bestimmte Formen gebunden, die auch von den Mitteln geprägt worden waren, wie sie sich dem Menschen anboten: Lehm und Stein, Bäume und ihr Geäst, Schilf und Gras. Aus diesen Stoffen heraus und ihren Möglichkeiten entsprechend konstruierte er seine Behausungen aus tragenden Skeletten und deckenden Häuten. Die Kenntnis der Materialien und ihrer Verwendungsfähigkeit ließ ihn in zunehmendem Maß zu Entwicklungen der Konstruktion und Materialverwendung gelangen, die ihn auch zu Erfindungen in der Bearbeitung des Holzes, des Steins und der gebrannten Erde (des Ziegels) veranlaßte. Von den gewachsenen Strukturen der Natur setzt sich sein Werk ab, bleibt ihnen aber zugleich verbunden — einerseits durch das verwendete Material, andererseits durch dem jeweiligen Umraum angepaßte oder ihn prägende Maße und Proportionen.
Sie wichen erst in neuerer Zeit jenen Mißverhältnissen, die einerseits aus dem Verlust des Gefühls für diese Maße resultieren, andererseits durch die Industrialisierung der Ausgangsmaterialien (Stahl, Beton, Glas) und die damit verbundene Ermöglichung zuvor technisch nicht denkbarer Konstruktionen verursacht wurden. Ohne den direkten Umgang mit Werkstoffen verliert der Mensch aber das Verhältnis zu ihnen und damit auch zu Relationen, die viel weiter reichen und letztlich ihn, den Menschen selbst und seine Moral, betreffen müssen.
In seinem Buch „Bauen als Umweltzerstörung" bemerkt Rolf Keller, daß „Bauen wesensmäßig Aufbauen" bedeutet habe. „Heute bekommt es meist ein negatives Vorzeichen und wird so zur Zerstörung. Ein Zustand ohne Beispiel in der Geschichte." Und weiter: „Die Verachtung des Schönen hat zur Verachtung der Würde des Menschen geführt, ja die Form an sich wird verworfen! Aber: ‚Wir verlieren durch das fortgesetzte Formverwerfen selber den Halt' (Werner Weber)".
Auf dem Land hatte man es bisher mit einer vergleichsweise stereotypen, wenig aufgefächerten, weil einander ähnlichen Bedürfnissen folgenden baulichen Ordnung zu tun. Heute weichen die durch sie bedingten Formen einer Schematik und landschaftlichen Unangepaßtheit, die einerseits den neuen Materialien, neuen Arten der Kultivierung des Bodens, dem Einzug industrieähnlicher Verhältnisse

6 *Isonzotal/Friaul. Bauernanwesen.*

auf dem Bauernhof und jenem Traditionsverlust anzulasten sind, durch den das Verhältnis von Material zu Maß und Zahl sowie zum jeweiligen vorgegebenen Umraum ins Ungleichgewicht geraten mußte. Dieser Umstand hat die Umschichtung von Verhältnissen zur Folge, die auf dem freien, einst ausschließlich von Bauern und Handwerkern, jetzt von Agraringenieuren, Kleinindustriellen und Tankstellenbesitzern verwalteten und bestimmten Land die katastrophalsten Folgen nach sich zieht: von der Umweltverschmutzung bis zur Auflösung jener Strukturen, die es praktisch seit seiner Urbarmachung vor Jahrhunderten oder Jahrtausenden bestimmt hatten.

Für jedermann sichtbar, verändert sich das Gesicht unserer Umwelt sowohl in städtischen wie eben vor allem in ländlichen Bereichen in einer Geschwindigkeit, die von Jahr zu Jahr fortzuschreiten scheint. Diese Veränderung ist, was den Ersatz der unseren Kulturraum prägenden Strukturen durch neue, von modernen Industrien und Technologien bestimmte betrifft, fast nie eine positive. Die urbanen, geschlossenen, einem gemeinschaftlichen wie individuellen Leben dienenden Räume werden durch verkehrs- und wirtschaftsbedingte Einbrüche aufgesprengt, und außerhalb der Städte widerfährt dasselbe den alten Ortsbildern, weil auch sie von Zersiedlungseffekten, Betonbahnen, Leitungssträngen, aus den Städten ausgesiedelten Industrieanlagen und nivellierenden Bauweisen im Bereich dessen betroffen werden, was unter den Begriff „Anonyme Architektur" fällt. Hinzu tritt auf dem Land die bereits erwähnte rapide Veränderung der Bewirtschaftung – vor fünfzig Jahren noch durch Pflug und Pferd oder Ochs, durch Sense und Gabel, durch Axt und Säge – seit dem Auftreten des Traktors, des Silos, der einen langen Aufbereitungs- und Arbeitsprozeß abkürzenden und vereinfachenden Maschine, all das, was eben ihre und nicht die Spuren der Hände des Menschen hinterläßt. Die Folgen dessen, was man unter „Rationalisierung der Landwirtschaft" versteht. Ihr hat man geopfert, was man ihr keineswegs immer hätte opfern müssen; durch sie ist aber nolens volens auch verschwunden, was das Landschaftsbild, wie man es in naher Zukunft nur mehr auf alten Bildern, bestenfalls Fotografien wird studieren können, zuvor bestimmt hatte, solange es die Spuren des manuell arbeitenden und sorgenden, eng im Kontakt mit einer respektierten Natur lebenden Menschen getragen hatte.

Diese Spuren reichen von der Ackerfurche über die Heu- und Strohmännchen auf den abgeernteten Feldern, den Stangen und Aufbauten zum Trocknen der eingebrachten Ernte bis zum zweckbestimmten Wirtschaftsgebäude (der Feldhütte, der Scheune, der einen autonomen Betrieb ermöglichenden handwerklichen Behelfe und Produktionsstätten) – Spuren wie sie weitgehend zugunsten von großflächig bebauten Einheiten oder brachliegenden und versteppenden, in einen Einheits-(Stangen-)Wald zurückversetzten Gebieten verschwunden sind. Mit ihnen verschwand aber auch eine natürliche, gewachsene, historische Beziehung zu Landstrichen, die sich der Mensch einmal zur pfleglichen Nutzung anvertraut wußte und die ihm heute mehr der Ausbeutung dienen.

Der Agraringenieur kann den Bauern deswegen nicht ersetzen, weil er sein Land nicht lieben, sondern nur als die einem Funktionsablauf dienende Gegebenheit ansehen kann. Er lebt deswegen wie ein Städter, verwendet ungeprüft die von diesem gelieferten Materialien vom Betonziegel bis zum Herbizid, verliert den Kontakt mit den ökologischen Bedingtheiten seines nur unter einem Kosten-Nutzen-Effekt gesehenen Besitzes und räumt mit Traditionen auf, die nicht um ihrer selbst willen gepflogen worden waren, sondern ein „Funktionieren" durch Generationen gewährleisteten. An das, was in zwanzig oder fünfzig Jahren sein wird, womit unsere Nachfahren fertigwerden müssen, denkt niemand.

All das ist oft bedauert, beschrieben und analysiert worden, aber immer noch nicht oft genug, weil die irreparablen Schäden, die daraus für jeden von uns und auf jeweils verschiedene Weise resultieren, ins Bewußtsein vor allem der handelnden Betroffenen weit stärker und bestimmender hätte einwirken müssen. Landschaftsschützer, Ökologen, Architekten und Psychologen richten mit ihren warnenden Worten nichts aus gegen die „Sachzwänge", denen sich Politiker und Ökonomen auch dann nicht entziehen zu können scheinen, wenn sie der Gefährdung unseres Lebens ansichtig werden: sie brauchten sich ja nur kurz und auf engem Raum umzusehen, um zu erkennen, wieviel die Stunde geschlagen und wohin eine Form des Pragmatismus geführt hat, die das Resultat von Opportunitäten und einer großen Hilflosigkeit „Systemen" gegenüber ist.

Da der Mensch vor allem ein optisch orientiertes und lernendes Wesen ist, liegt es nebenbei auf der Hand, welchen Verlust für ein differenzierteres Wahrnehmungsvermögen es bedeuten muß, wenn die einstige Vielfalt der Formenwelt in den offenen urbanen und ländlichen, von Naturgegebenheiten bestimmten Räumen mehr und mehr zurückgedrängt wird und das jeweilige Lokalkolorit einer Region den Einheitsstrukturen weicht, die von ökonomisch-technischen, fabrikmäßigen Bedingtheiten geprägt erscheinen. Die gesamte Auffächerung regional verschiedener, variantenreicher, einen gleichartigen Grundtypus abwandelnden, dem Gelände, dem Zweck, den Herkömmlichkeiten angepaßten Bauweisen macht dem stil- und empfindungslos angewandten Betonziegel und Fertigteil Platz, wie er überall in derselben Form angeboten und angenommen wird. Er kann jedoch nicht einmal funktionell immer ersetzen, was zuvor zugleich zweckmäßig wie ästhetisch instinktmäßig „richtig" zu Komplexen vereint worden war, durch die eine mitteleuropäische Haus- und Hoflandschaft einst gekennzeichnet wurde.

Das Problem wäre ein anderes, wenn anstelle der alten Bausubstanzen jenes Neue treten könnte — und zwar vor allem auch in technisch-industriell „unterentwickelten" Gebieten —, das eine architektonische Kultur von heute bezeugen würde und worüber sich Bruno Reichlin und Martin Steinmann in ihren Überlegungen (in: „Die Ware Landschaft") Gedanken machen: „Die architektonische Kultur muß von einer Erforschung der Landschaft ausgehen, in der die Beiträge verschiedener Wissenschaften zusammenlaufen, darunter Geographie, Geschichte, kulturelle Anthropologie, im besonderen Besiedlungsforschung, Dialektforschung.

Das wachsende Bewußtsein, was diese architektonische Kultur angeht, hat keine Lähmung der Erfindungskraft zur Folge, es bewirkt eine neue Art des Entwerfens. Anders gesagt, müssen die künstlerischen Ziele der Architektur – wenn man so will, ihr ‚Kunstwollen' – die Ergebnisse der wissenschaftlichen Forschung thematisieren (ähnlich wie es das Neue Bauen an einem bestimmten Punkt seiner Entwicklung mit den neuen Technologien tat)."

Für den Zeitraum von etwa fünfzehn Jahren, die wir alle sehend erlebt haben (1950 bis 1976), errechnete man in den Ländern der Europäischen Gemeinschaft eine Abwanderung von etwa zwölf Millionen Menschen aus der Landwirtschaft (andererseits stellt man für 1970 fest, daß mehr als die Hälfte der gesamten österreichischen Kulturfläche von Bergbauern bewirtschaftet wird, die mit besonderen Problemen zu kämpfen haben). Das ist der eine Aspekt. Der andere äußert sich darin, daß etwa allein in Südtirol, wie Othmar Barth („Landschaft und Gesetzgebung" in „Die Ware Landschaft") ausführt, jährlich 250 Hektar Bauland „neu angerissen" würden, was eine Verstädterung der Talsohlen und eine Zersiedlung der ländlichen Gebiete mit sich gebracht hat. Mit sinkenden Agrarpreisen hat sich zugleich die Konkurrenz unter bäuerlichen Betrieben und der Zwang zur Rationalisierung verschärft. J. Krammer und G. Scheer stellen dazu (a. a. O.) das Versagen der Genossenschaften fest, die aus dem Prinzip der Selbstverantwortung und der Selbstorganisation zu städtisch-kapitalistischen Großunternehmungen ausgewachsen seien, „die bis ins Augenfällige den (kleinen) Bauern fremd und dem Land bzw. der Landschaft feindlich geworden sind". Andererseits nütze der industrialisierte Fremdenverkehr „dem Lande wenig, dem kleinen Bauern kaum und der Landschaft gar nicht". Was nützen da alle Warnungen und Feststellungen, die von den verschiedenen Seiten, und notabene auch von sehr modernen, sich in der Industriewelt bewegenden Architekten wie Otto Frei ausgehen? Er sagte: „Wir vergessen, daß das altüberkommene Bauen – ungeachtet aller strukturellen, stilistischen und technischen Unterschiede – viel lebendiger war als unser heutiges."
Man sehe sich (etwa auf einem Bild wie dem auf S. 68) an, wie sich ein Stück gerodetes Land aus seiner Umgebung heraushebt und sich zugleich in jene Teile wieder einbettet, aus denen es herausgeholt wurde. Der Weg in den Wald, durch den Wald: Er wurde nirgends einfach nur „angelegt", sondern aus den natürlichen Gegebenheiten heraus entwickelt, ein organisches Band, das von einem Punkt zu anderen führt, bestimmte Areale umkreist, einschließt, auf sie zu und von ihnen weg führt. Wie Hütten aufgestellt wurden, welche Aufmerksamkeit vielleicht unwillentlich (weil unbewußt) dem Detail zugewandt wurde, aus dem das Ganze seine Wirklichkeit gewinnt, die keine eindimensionale ist, und in Traditionen wurzelt, die landschaftsgebundene und erlebte, nicht nur tradierte sind.

7 Marsure bei Aviano/Friaul (1975). Verfallender Torbogen (Gehöfteinfahrt).

7

8

Strukturen

Wo der Mensch in die Landschaft ordnend eingegriffen, wo er sie verändert, wo er sie kultiviert hat, entstand ein strukturelles Gefüge, das in seiner Gliederung und seinem Aufeinanderbezogensein, seiner Antwort auf Gegebenheiten Aspekte eines Bauens aufweist, die zum Wohn- und Wirtschaftsbereich überleiten und sich in ihm kristallisieren. Der Eingriff in die Landschaft bedeutet zugleich ein Korrespondieren aller Teile mit ihr. Aus kleinen, überschaubaren und den örtlichen Gegebenheiten angepaßten Räumen spricht ein Prinzip, das sich organisch entwickelt hat und ein System erzeugt, in dem sich eine Reihe von einander ergänzenden Bezugspunkten finden lassen.

Der damit verbundenen Verflechtung des einen mit dem anderen entwuchs das, was wir „Kulturlandschaft" nennen. Sie konnte und kann nur dort entstehen, wo Seßhaftigkeit, Tradition und Vererbung eines bestimmten Wissens, bestimmter Erfahrungen und eines in sich ruhenden Selbstverständnisses die Regel sind. Der so determinierte engere Lebensbereich bildet einen Teil unter vielen anderen, die sich fortsetzen und einen größeren geographischen Bereich bestimmen, ihm ein spezifisches Gepräge geben: eine Tallandschaft, eine Hochfläche, eine rhythmische Abfolge von Feld, Wiese, Wald, dazwischen Wege, Zäune, Mauern, Raine, Hütten, Höfe und Siedlungen.

Je nach der vorherrschenden Bewirtschaftungsart ändern sich die Strukturen. Das charakteristische Moment des Körnerbaus, der Viehzucht, der Mischkultur oder des Weinbaus überträgt sich auf die jeweilige Hauslandschaft und deren Bewohner. Die Ordnungen, die der Natur aufgeprägt werden, setzen sich in den Bauten selbst, ihren Senkrechten und Waagrechten, ihrer Geometrie fort.

Die Monokultur und die mit ihr verbundene Aufgabe der Selbstversorgung hat einen gründlichen Wandel der so geformten Landschaft herbeigeführt — vor allem dort, wo ein großflächiger Einsatz von Maschinen möglich ist. Die überkommene Symbolwelt beginnt sich aufzulösen, vertraute Bilder werden verschwinden, wo das Areal eines Anwesens nicht mehr von belebenden, seine Autarkie verdeutlichenden Attributen und Vorrichtungen umgeben wird.

8 *Ansitz Lafay bei Kastelruth/Südtirol (1976). Die Struktur des Wirtschaftsgebäudes (Futterhauses) bleibt im wesentlichen die der Bauernhöfe, während das Wohnhaus selbst zu einem kleinen Schlößchen umgewandelt wurde — in dieser Form kennzeichnend für die vielen Varianten Südtiroler Edelsitze in Mittelgebirgslagen.*

9 Wiesen- und Ackerlandschaft im oberen Gailtal an der Grenze zwischen Kärnten und Osttirol (1976). Charakteristisch für diese Landschaft sind die holzschindelgedeckten Feldharpfen, reine Holzskelettbauten, deren Holzpfeiler auf Steinplatten ruhen, wobei die Säulen, von runden oder eckigen Öffnungen durchbrochen, als Aufleger für lange Holzstangen dienen. Die Typenabwandlungen sind — wie in diesem Band an anderen Stellen (Abb. 18, 52, 54, 57, 58, 61—63) gezeigt werden kann, überaus reich.

10 Rassach/Steiermark (1976). Kegel aus Maisstroh beleben vom Spätherbst bis zum Frühjahr bestimmte Landstriche zwischen der Steiermark und dem Friaul — in Gebieten, wo man für derartige „Abfallprodukte" noch eine Verwendung findet. Auch auf Gestängen und in reizvollen Gruppierungen (ähnlich den „Hiflern" oder Feldheinzen) wird das Stroh, das in gehäckselter Form als Streu Verwendung findet, aufbewahrt.

11 Diex/Kärnten (1970). Zur Zeit der Kornernte war ein Bild dieser Art vor der Industrialisierung der Landwirtschaft die Regel. Heute bietet sich ein derartiger Anblick meist nur noch auf kleinen, maschinell nicht zu bearbeitenden Arealen im Gebirge bzw. dort, wo man sich den Einsatz von Mähdreschern nicht leistet (leisten kann). Die Typologie der „Kornmandln" ist bzw. war bis zu den „aufgehifelten" Garben auf hohen Stangen in der Ebene eine regional stark aufgefächerte.

12—13 Savinja-Tal/Slowenien (1971). Strohaufbauten in dieser wie eine Plastik wirkenden Form, auf steilem Hang kunstvoll aus kleinen Garben aufgebaut, sind ausgesprochen selten geworden.

14 Felder bei Rigolato/Friaul. Die Landschaft erhält ihre Struktur und Charakteristik durch die Hand des Menschen, der sie bearbeitet und entsprechend pflegt.

15—17 Strohgebäude und Strohkegel bei Pican/Istrien (1970). Einfache, mit einem verschiebbaren Strohdach gedeckte und zur Lagerung von Stroh oder Heu dienende Pfostenbauten dieser Art trifft man häufig in Gruppen an. Sie scheinen über den pannonischen Raum, wo sie etwa in Ungarn in ähnlicher Form auftreten, in diesen mediterranen Bereich gelangt zu sein. Ihren Zweck erfüllen sie auch als Unterstand für das Wagengeschirr. Ihr Auftreten im Verband abseits menschlicher Behausungen entspricht den auch weiter im Norden verbreiteten Strohkegeln, einer uralten Form der Aufbewahrung von Stroh und Heu im freien Gelände.

18 Harpfe im Mirnatal/Slowenien (1971). Beispiel für die vielseitige Verwendbarkeit einer einfachen, ursprünglich (wie an Resten sichtbar) durch ein schmales Strohdach nach oben abgedeckten Skelettkonstruktion (slowenisch „kozolec"): Bohnenstroh an den Stangen, Heu und Maiskolben werden gleich dort, wo derlei geerntet wird, auch getrocknet.

19 Bei Sempeter/Slowenien (1972). Im Herbst und den Winter über werden in jenen Gebieten Sloweniens, in denen Bohnen und Hopfen in größerer Zahl angebaut werden, Bohnenstangen pyramidenförmig zusammengestellt.

20 Ruppinpiccolo bei Triest (1969). Wege und bewirtschaftete Feldparzellen werden von jenem Steinmaterial eingefaßt und abgegrenzt, das der Karstlandschaft ihr charakteristisches Bild verleiht. „Steinzäune" und wallartige Trockenmauern als Flurgrenzen und Einfriedungen treten in ähnlichen Formen „wohl als Reste einer sehr alten alpinen Kultur" (O. Moser), von Istrien bis ins hochalpine Gebiet auf.

21 Rigolato/Friaul (1976). Ein Ackerstreifen stößt an die einen Feldweg säumenden Steinmauern.

22 Passariano/Friaul (1975). Flußkiesel werden als Baumaterial verwendet. Gemörtelte Mauern dieser Art sind im Umkreis des Unterlaufes des Tagliamento noch häufig anzutreffen.

23 St. Martin, Gsiesertal/Südtirol (1977). Alte Bauernhöfe, Harpfen und Kornmandln bilden das Urbild einer „intakten" Bauernlandschaft.

9

10

11

12

13

14

15

16

17

18

19

20

21 

22 

23

Urordnungen – Urformen

Wer irgendwo arbeitend handelt, schafft – je nach seiner Disposition, seinem Charakter, der Form seiner Einbindung in eine Gruppe, einen Verband – Ordnungen. Ordnung bedeutet nach den Worten von Louis I. Kahn die Anerkennung, „daß die Struktur eine Ordnung hat; daß das Material eine Ordnung hat; daß die Konstruktion eine Ordnung hat; daß der Raum eine Ordnung hat in Form der dienenden Räume und der bedienten Räume; daß das Licht eine Ordnung hat, weil es eine Ordnung hat in dem Sinne, daß es durch die Struktur gegeben wird. Das Bewußtsein der Ordnungen muß gefühlt werden."

Ordnungen werden bestimmt von den Inhalten, die einer aus sich selbst heraus nach außen projiziert. Sie decken sich mit dem, was er erfahren, erlernt hat, was seine Existenz bestimmt. Legt sich etwas anderes über das, was er „in Händen" hat, was ihm nicht entgleiten kann, tritt ein anderer Mechanismus mit den von ihm geprägten anderen Ordnungen in Gang. Die Maschine schafft Voraussetzungen für andere Ordnungen als der Mensch und sein Hand-Werk (es müssen deswegen aber keine „schlechten" sein). Sie tut es sichtbar vor allem dort, wo sich der Mensch ein Gleichgewicht zwischen seinem Wohn- und Arbeitsplatz und dem ihn umgebenden Arbeits-Feld geschaffen hat. Dieses Gleichgewicht ist die Ordnung, die er sich selbst gegeben hat. Die Maschine hat dieses Gleichgewicht zunächst in Un-Ordnung gebracht; die von ihr geschaffene (oder denkbare) neue Ordnung, die durch das Zusammenwirken von Mensch und Maschine gefunden werden könnte, blieb auf jenem Feld meist aus, von dem hier die Rede ist. Die alten Ordnungsbegriffe werden ersetzt durch „Nutzen", „Rationalität", „Rentabilität" und „Ausbeutung". Indem der Mensch seinen Umraum auszubeuten beginnt, nur noch nützt und ihm von sich aus nichts mehr oder nur noch wenig zurückgibt, kann er ihn auch nicht mehr bestimmen. Was früher ein Teil seiner selbst war, wurde zum Teil außerhalb seiner. Das bedeutete einen Verlust. Er wurde bis heute nicht wettgemacht.

Der Ersatz der alten Ordnung – die eine gewachsene, in Jahrhunderten entwickelte war – durch das zunächst Zerstörerische wird sichtbar an dem, was bisher als „gestaltete Landschaft" galt und was sich in ihr und mit ihr als „Bau" akzentuierte. Der Bau ist ein der Natur, der Landschaft integrierter Teil gewesen, was schon die natürlichen Baustoffe, mittels deren die elementaren „Ur"-Bauten geschaffen wurden, bewirken konnten. Neuerdings ist er das nicht mehr.

Wie der Architekt Roland Rainer bemerkt hat, sollte man unterscheiden zwischen den natürlichen Erfordernissen, von dem ein „Bauen" in der Landschaft im Gegen-

satz zur „Architektur" bestimmt wird. Ein Bauernhaus ist keine „Architektur", weil es den Gegebenheiten entspricht, die von Landschaft, Natur, geographisch-klimatischer Situation, der Möglichkeit des Anbaus von Früchten entspricht und nicht einem außerhalb dieser Voraussetzungen liegenden Formstreben. Das muß bedacht werden, wenn von ländlicher „Architektur" die Rede ist, gedanklich muß diese Einschränkung mitschwingen, wenn von „anonymer Architektur" gesprochen wird. Bauen heißt sowohl anpflanzen wie einen Bau ausführen. Der Bauer baut an und baut auf. Daher hing miteinander so eng zusammen, wie und was er anbaute, wie er Feld, Wald und Wiese kultivierte, und wie er jene Gehäuse errichtete, die ihm die Möglichkeit gaben, zu wohnen, sein Vieh unterzubringen und die Ernte.
Die in Jahrhunderten nicht wesentlich veränderten Bauformen, die das Siedlungswesen vor allem im alpinen Bereich und in seinen Einzugsgebieten bestimmten, gehen auf die Kolonisationszeit der Romanik zurück. Ältere Anlagen wie etwa die des rätoromanischen oder des mediterranen Randbereichs wirkten nach. Leopold Schmidt schreibt darüber in seiner Untersuchung der „Volkskultur der romanischen Epoche in Österreich" (In: Mitt. des Kremser Stadtarchivs 4, 1964): „Die festen Blockwände, in mancher Hinsicht wohl Gegenstück zu den festen Steinwänden der gemauerten Häuser in den am stärksten romanischen Teilen von Tirol und Vorarlberg, haben die verhältnismäßig einfache Pfettendachkonstruktion mit der Schindeldeckung ermöglicht. Das Wort ‚Schindel' für das geklobte Dachdeckungselement dürfte, als Lehnwort aus dem mittellateinischen scandula/scindula, wohl auf den Klosterzimmermann als Vermittler hinweisen . . .
Die Holzhäuser der Bauern, aber auch der Bürger, bestanden vermutlich schon damals aus mehreren Gebäuden. Die ‚Gaden', die kleinen einzelnen Blockbauhäuser, die zu einem Hof zusammengeschlossen waren, dienten verschiedenen Zwecken . . . Die alten Typen waren sicherlich Einraumhäuser mit mittelgestelltem offenen Fenster beziehungsweise Herd . . . In der romanischen Epoche hat sich in weiten Teilen Österreichs das Zweifeuerhaus entwickelt, mit dem Herd in der Küche und einem nach außen geheizten Ofen in der Stube. Nur der Südosten gestaltete eine eigenartige Kombination der beiden Feuerstellen in Form des Rauchstubenofens."
Die Urformen des Bauens wurden in Wirtschaftsgebäuden, einfachen Hütten, aber auch in den Bauernhäusern in mannigfacher Art tradiert, so daß sich Beispiele dafür auch heute noch finden lassen – vor allem dort, wohin der Fortschritt (was immer man unter ihm verstehen mag) nur zögernd Eingang gefunden hat, in abgelegenen, schwer zugänglichen, nicht industrialisierbaren Gebieten also. Diese Urformen wurden auch dort in ihrer Grundsubstanz nicht wesentlich verändert, wo sie kunstvoll bereichert und ausgeweitet werden konnten. Sie dienten ja jeweils einer Funktion, die sich von innen her nach außen hin darstellt. Das Zweckmäßige verband sich mit dem Natürlichen – den jeweils zur Verfügung stehenden Materialien. Der Unterstand, die Hütte, der Speicher, der Backofen oder die Dörr-(Flachs-)Hütte ermöglichen dort, wo sie noch anzutreffen sind, einen Einblick in die Art, wie

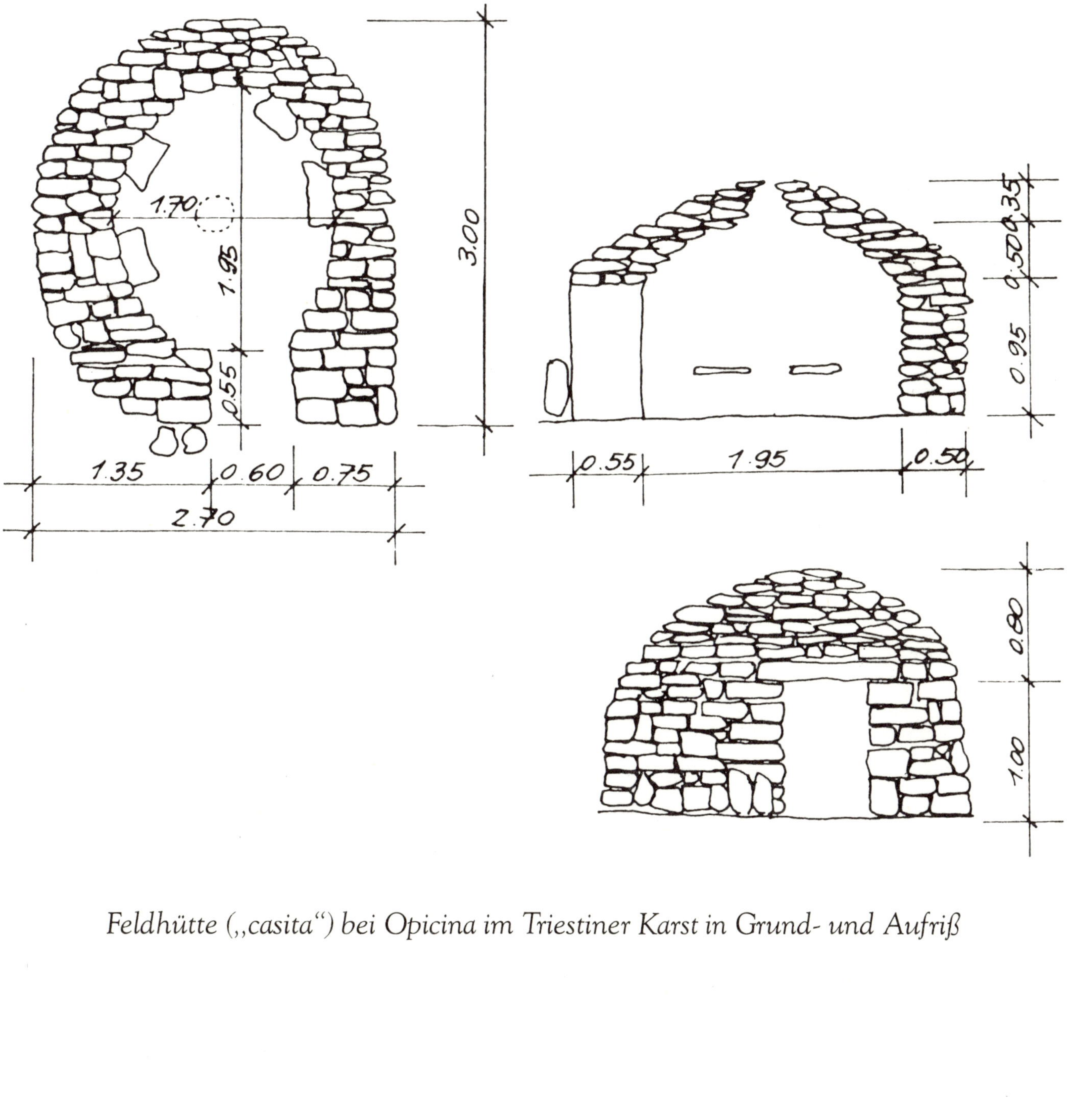

Feldhütte („casita") bei Opicina im Triestiner Karst in Grund- und Aufriß

bestimmten Primär-Erfordernissen Rechnung getragen wurde. Die Verwendung von Stroh und Schilf, Stein und Holz, des rohen oder des behauenen Balkens, des gefundenen oder des geformten Steins, die Abdichtung von Fugen, die Verbindung von Teilen untereinander: All das läßt sich an den einfachen Strukturen „primitiver" Nutzbauten am besten ablesen.

24 Obertilliach/Osttirol (1976). Das Lesachtal öffnet sich vor Obertilliach zu einem breiten Becken, dem Tilliacher Feld, das von kleinen Block- und Bretterhütten durchsetzt wird, die zur Aufbewahrung von Heu und Geräten dienen. Der Ort selbst war und ist berühmt durch seine Holzbauten in ihrer Nord-Süd-Staffelung – ein Bild, das durch Veränderungen dieser Bausubstanz vor allem auch aus feuerpolizeilichen Erwägungen mehr und mehr beeinträchtigt wurde. Im Bild rechts die Kapelle St. Helene.

25–27 Verschiedene Typen von Feldhütten an verschiedenen Orten in Istrien. Abb. 25 bei Moscenice (Moschiena; 1970) zeigt einen an der Kreuzung zweier Mauern errichteten Steinbau mit kegelförmigem Strohdach. Abb. 26 bei Tinjan (Antignana; 1969) vermittelt den Typus eines aus zum Teil behauenen Steinen errichteten und mit Steinplatten bedeckten Unterstands in einer Doline. Abb. 27 bei Vodnjan (Dignano; 1969) erinnert als klassischer Typus der Kegelhütte mit „falschem Gewölbe" an die Trulli Apuliens. Diese archaische Form verschwindet in zunehmendem Maß.

28 Grossenegg, Saualpe/Kärnten (1975). Rauchstubenhaus (mittlerweile als Geräteschuppen verwendet) mit spanschindelgedecktem Walmdach. Die Blockbauwände erlaubten für die Fenster keine größeren Ausschnitte. Über ihnen treten die Rauchlucken auf, die das Rauchstubenhaus schon von außen her erkennbar machen.

29 Mühlwaldtal (Seitental vor Taufers, Pustertal)/Südtirol (1977). Futterstall mit „liegendem Dach" (geringer Neigungswinkel) bei den Pietersteinhöfen. Der Steinaufbau dient auch dem Geländeausgleich.

30 Mühlwaldtal/Südtirol (1977). Gebäudeteil des Holzerhofs auf dem Mitterberg. Gemischte Bauweise zwischen mörtellos gefügten Grundmauern und rohbehauenen, in ihrer natürlichen Länge belassenen Balken.

31 Latéis/Friaul (1975). Mischform zwischen Stein- und Blockbau mit temporärer Behausungsmöglichkeit. Schon früh war der Raum zwischen vier Stadelbeinen an Hangbauten zum Beispiel auch für einen Stall genützt worden.

32 Bei Skofja Loka (Bischofslack)/Slowenien (1970). Holzbrückenkonstruktion.

33 Prevernik-Sattel über Eisenkappel/Kärnten (1975). Bretterverschalter Futterstadel.

34 Bei Eisenkappel/Kärnten (1975). Verfallende Dörrhütte. Das zum Dörren vorbereitete Obst wurde auf geflochtenen Gestellen in Lagen übereinander in den Ofen geschoben und durch Heißluft getrocknet.

35 Lagune bei Grado/Friaul. Kegelhütte aus Schilfrohr. Vgl. den Typus dieser Rundhütte mit jener aus Stein in Istrien (Abb. 27).

36 Karstgebiet/Slowenien (1970). Ausschnitt eines Hofareals.

37 Bei Eisenkappel/Kärnten (1975). Mauerteil mit charakteristischem Fenster eines verfallenen Viehstalls. Die Fensteröffnung verjüngt sich nach außen und zeigt sich dem Baukörper eingeschlossen.

24

25

26

27

28

29

30

31

32

33, 34

35

36

37

Dachlandschaften

Das Dach akzentuiert ein Haus und damit eine Landschaft in besonderem Maß. Es setzt einen Rhythmus fort, der vom Zusammenspiel und Zusammentreffen von Horizonten, Lehnen, Waldkuppen, Wegkreuzungen, Feldabgrenzungen, Mulden oder Erhebungen bestimmt wird. Oder es antwortet auf andere Weise den Gegebenheiten, indem es sich beispielsweise eine Dominante zugesteht. Im Draufblick zeigt sich auch von der Struktur her etwas von den Menschen, die unter einem Dach leben und arbeiten.

Das Dach atmet, lebt, wenn es aus den natürlichen Materialien zusammengesetzt wurde, die der jeweilige Umraum anbietet: Schilf und Stroh, Holzschindeln oder -bretter, Steinplatten und Schieferschindeln oder Ziegelformen. Es wirkt steril, seinem Umraum nicht verbunden, wenn es sich um fremde Industrieprodukte handelt: Bleche und Kunststoffe. Zum Dach gehört auch die Art seines Alterns, seine Patina, das Moos und die Flechten, die sich auf ihm ansetzen und es so auch von der Färbung her der Natur integrieren. Der Strukturreichtum von Dächern wird aus der Nähe wahrnehmbar; ihre Form, ihre Anpassung an die gedeckten Teile anderer, benachbarter Bauwerke, alle Arten einer Überleitung und Ensemblebildung, läßt der abstandnehmende Blick erkennen.

Das Dach bildet die Urform der menschlichen Behausung; auf den Boden gestellt, bildet es ein Zelt. Zwischen der Dachneigung und dem Deckungsmaterial besteht eine Kongruenz. Die Siedlungslandschaft wurde in ihren ästhetischen Qualitäten bis ins 20. Jahrhundert von diesen Verhältnissen bestimmt. Im Ostalpenraum dominiert das Viertel- oder Halbwalmdach (Schopfwalm), das Sattel- oder Steilgiebeldach, das Schaubendach mit Bindehölzern, wenn Stroh und Schilf verwendet wurden. Das Schindeldach kennt viele Formen wie das Leg- oder Scharschindeldach und das Nut- oder Spanschindeldach. Der Ziegel hat eine flache (wie der „Biberschwanz") oder halbrunde Form, die man dann als „Mönch" oder „Nonne" bezeichnet hat.

In Tirol tritt meist das flache, in Kärnten und in der Steiermark das steile Satteldach auf. Das Zelt- und Vollwalmdach hat seinen Ursprung im Strohdach von Südtiroler Wirtschaftsgebäuden oder in (kaum noch auffindbaren) Schilfscheunen und Kellerbauten des Burgenlandes. Das Strohdach war in Ostösterreich bis zum Beginn des 20. Jahrhunderts gebräuchlich, während in Westösterreich das Holzdach in Form des flachen, mit Steinen beschwerten Legschindeldaches oder des steilen Nutschindeldaches vorherrschte. In Slowenien, im Friaul und im Cadore setzen sich

derartige Dachlandschaften fort, ehe weiter im Süden das Ziegeldach und in archaischeren Gebieten, wie im Karst, das Steindach folgen.
„Zum Dach als solchem und zur Dach-Kulturlandschaft: Bauen ist dialektisches Handeln gegen die Natur und zugleich aus oder mit der Natur. Das Dach, ein nach oben gerichteter Schild, schützt das Haus gegen die dem Menschen schädlichen Angriffe der Natur, gegen Wetter und Wind. Weil hier tückische Kräfte wirken, die auf unberechenbaren Wegen ins Haus zu dringen vermögen, gebührt dem Dach als neuralgischem Punkt im Bauorganismus besondere technische Aufmerksamkeit. Geeignete Baustoffe müssen ausgewählt und sorgsam verarbeitet werden. Die Natur selbst tritt unmittelbar als Lieferant auf. Vor allem im alten ländlichen Bauen wurden landschaftstypische Dachdeckungsmaterialien verwendet. Da die Neigung und Formgebung der Dachflächen von der Bedeckung abhängt, entstanden die ‚Dachlandschaften'. In den Epochen naturverbundenen Bauens prägte die Landschaft das Dach und das Dach die Landschaft. Ein aus der Landschaft entnommener Baustoff kann das Bild der Landschaft kaum zerstören. Er fügt sich harmonisch ein; die Beziehungen zwischen Bauwerk und Landschaft sind in Ordnung oder vielmehr waren es. Denn der Prozeß des Aussterbens alter Dachdeckungsarten mit Naturbaustoffen beschleunigt sich. Man möge auf die Reste des noch Erhaltenen achten — und Abschied nehmen. Heute verwüstet gerade im ländlichen Raum der Konkurrenzkampf neuer Baustoffe die Landschaft. Man sieht gelegentlich an ein und demselben Haus verschiedene, sich ‚beißende' Deckungsarten. Industrialisierung und Technisierung schufen keine neuen ‚Dachlandschaften', statt Ordnung stiften sie Chaos" (Klaus Osterwold in „Natur und Bauen").
Besonders gut lassen sich die verschiedensten Dachformen in Kärnten, dieser „Kontaktlandschaft zweier wesentlich verschiedener europäischer Großlandschaften des Holzschindeldaches, des gerade verlegten und schmalseitig überbundenen Legdaches" studieren, „das mit seiner großen Dichte und Schwere sowie mit seiner Aufwendigkeit an (Lärchen-)Holz für die Alpengebiete charakteristisch ist, und des schräg verlegten, schmal- und langseitig überbundenen, leichteren Nagelschindeldaches südosteuropäischer Art, das wir auch in den Karpatenländern wiederfinden" (Oskar Moser). In Kärnten, wo man bis zu fünfzehn Haustypen ermittelt hat, vollzieht sich auch der Übergang vom Steildach im Osten zum Flachdach im Westen besonders gut überblickbar.

Keusche in Feistritz an der Drau/ Kärnten

38 Diex/Kärnten (1975). Ebenerdiges Wohnhaus in Hakenform mit Holzschindel- und Strohdach über Blockbau mit lehmverschmierten und gekalkten Fugen. Die „Hauskörper“ der alten Baulandschaft in Unterkärnten werden durch mehrtraktig angelegte, meist schmale und winkelige Formen sowie durch ihre Spanschindeldächer charakterisiert. Die Fenster dieses Hauses waren vergrößert worden — dazwischen sichtbar sind noch die höhergelegenen Rauchfenster der ehemaligen Rauchstube. Das Dach mit Halbwalm wurde im Saualpengebiet, wo es sich als „Manteldach“ häufig mächtig und bis in Bodennähe reichend entwickelt hatte, auch als „Hirndach“ bezeichnet. Einer geringfügigen Straßenregulierung wegen wurde dieses Haus im Sommer 1977 unter erheblichem Kostenaufwand gegen den Willen seiner Bewohner abgerissen. Um 1962 gab es im Bezirk Völkermarkt noch zwei Orte, in denen der Holzbau den Massivbau überwog: Diex und Pustritz. Dieses Verhältnis hat aufgehört zu existieren.

39 Spanschindeldach auf einem verfallenden Haus in Unterkärnten (1975).

40 Steinplattendach im Inneren Istriens (1971).

41 St. Peter, Grödental/Südtirol (1975). Paarhof. Das Wirtschaftsgebäude (auf dem Bild rechts) war meist mit Stroh, das Dach des Haupthauses mit Holzschindeln bedeckt. In dieser intakten Form nur noch selten anzutreffen.

42 Plaiken, Enneberg/Südtirol (1976). Hofgruppe mit Schindeldächern.

43 Magdalensberg/Kärnten (1975). Querscheune — breit gelagertes Wirtschaftsgebäude mit Lüftungsgittern und Ziegeldach.

44 Mühlwaldtal/Südtirol (1977). Dachlandschaft der Gebäudegruppe eines größeren Hofs.

45 Heiligenbrunn/Burgenland (1975). Die Strohdächer der Baulandschaft dieses Kellerviertels (siehe Farbtafel 1) werden ausgebessert bzw. erneuert, wo es sich als notwendig erweist. Das dafür notwendige langhalmige Stroh muß jedoch importiert werden. Die aus Maisstroh kunstvoll geflochtenen Außentüren (Kälte- und Wärmeschutz) werden in Heiligenbrunn nach wie vor hergestellt. Das gesamte Areal bildet ein selten geglücktes Beispiel für die Rettung eines kulturhistorisch überaus wertvollen Bestands.

46 Saualpe/Kärnten (1975). Steiles Holzdach eines Futterhauses mir Spanschindeln gedeckt — 1976 durch ein Blechdach ersetzt. „In der Weichheit seiner Formen wie in der feingliedrigen Struktur seiner Oberfläche . . . der eigentliche Nachfolger des älteren Strohdachs“ (Oskar Moser). Das Spanschindeldach erfordert eine doppelte Deckung. Für jede Schindel wurde ein Nagel benötigt.

47 Weißenbachtal/Südtirol (1977). Das Futterhaus eines Hofs trägt noch sein Originaldach, während das Wohnhaus daneben (nicht im Bild) mit Hartmaterial neu gedeckt wurde. In etwa fünf Jahren wird es derartige Dächer nur noch an entlegener Stelle zu sehen geben.

48 Pieterstein, Mühlwaldtal/Südtirol (1977). Hof auf etwa 1600 Metern Höhe mit auch für das gesamte Ahrntal charakteristischem Glockentürmchen.

49 Rundziegeldach und Acker im Friaul (1976).

50 Rundziegeldächer in Voltois/Friaul (1975).

51 Koschuta, Rosental/Kärnten (1976). Blockhaus mit Bretterdach und Bretterverschalung sowie charakteristischem Blumenschmuck.

38

39

40

41

44

42, 43

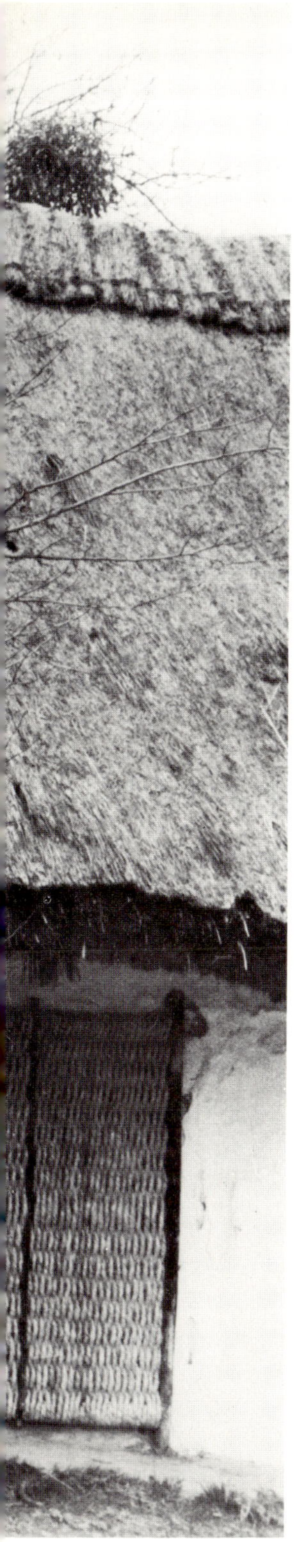

45, 46

47

48

49

50

51

Formen, Abarten und Gliederungen von Wirtschaftsgebäuden, die in einem regelmäßigen oder lockeren Verband dem Haupthaus zugeordnet sind oder auch auf freiem Feld stehen, zählen zu den abwechslungsreichsten Eindrücken. Eine wichtige Rolle spielten dabei – vor dem Aufkommen anderer Lagerungsmöglichkeiten (wie dem Silo) durch veränderte Wirtschaftsformen (Monokultur) und der Entwicklung von Genossenschaften – die Scheune oder die Scheunenreihe, die einen Ort häufig umgrenzt hat (vom Burgenland bis ins Cadore). Stadel und Schupfen sind alpenländische Bezeichnungen für dieses Lager- und Futterhaus. Im Speicher, dem „Kasten" hingegen bewahrte man die Getreideernte in der Nähe des (meist hölzernen und daher stets auch feuerbedrohten) Haupthauses auf. Bäume oder Holunderbüsche um den Speicher dienten dem Abwehren bzw. Auffangen des Blitzstrahls. Die frühesten erhaltenen Beispiele des Speichers (auch „Troadkasten") stammen aus dem 16. und 17. Jahrhundert. Im Ahrntal in Südtirol trägt das älteste datierte Bauwerk dieser Art die Jahreszahl 1495. In Südtirol sind die von dicken Pfosten getragenen Pfostenspeicher verbreitet, die man sonst nur in der Schweiz, in Schweden oder Norwegen findet. Die burgenländische Variante bildet der aus Kleinasien, aus Südost-Europa oder Schlesien eingeführte „Kitting". Es handelt sich bei ihm um einen lehmverputzten Blockwerkspeicher mit Spitztonnengewölbe und Strohdach. Dem Kitting verwandt sind auch die Gebäude des Kellerviertels von Heiligenbrunn: Blockbauten mit einem Lehm-Häcksel-Gemisch verschmiert, Wänden, die gegen Kälte und Wärme isolieren und Schutz vor Feuer bieten. Auch das mittels Staffelungen von Strohschab hergestellte Dach erinnert an den Kitting.
Wo der Niederschlagsreichtum groß oder das Trocknen auf dem Feld wegen seiner Lage (Höhe, Schattseite) selten möglich ist, traten und treten die variantenreichen Holzskelettkonstruktionen der Harfen (Harpfen), Hilgen oder Kösen – lauter Bezeichnungen für ein- und dieselbe Konstruktion – auf. Auch die Bezeichnung „Heugeige" (im Alpenbereich noch lebendig als die wenig freundliche Apostrophierung hagerer weiblicher Erscheinungen) ist anzutreffen. Von der einfachen Feld- oder Stangenharfe bis zum Gebäude mit Dach und zwei Wänden ist diese Form heute noch vor allem in Slowenien verbreitet, und außerhalb dieses Landes dort, wo es sich um ehemals slawisches Siedlungsgebiet handelt: in Kärnten, im Pustertal bis westlich von Bruneck, im Lungau und am Isonzo.
In der Schweiz kennt oder kannte man diese zu den auffallendsten Erscheinungen des Alpengebiets überhaupt zählenden Anlagen als „Kornhisten", die Dörr-Gatter

und Dörr-Gerüste an Häusern oder Scheunen (wie sie heute noch im Friaul anzutreffen sind) als „Kornleitern". Der Weizen wurde in höheren Lagen häufig vorzeitig geschnitten, um den Buchweizen (Heiden) als zweite Ernte aussäen zu können. Vielfach bildete die Harfe einen Ersatz für Scheune und Tenne, wenn das Korn gleich an Ort und Stelle im Freien gedroschen wurde. In Slowenien (Krain) existieren die Bezeichnungen cosuz, koza und koz(o)lec für die Harfe (Köse), im Friaul kennt man den Begriff casuz, was eindeutig auf die slawische Bezeichnung hinweist. So wird angenommen, daß die Harfe ein slawisches Kulturrelikt sei (sie kommt — oder kam — aber auch im Norden vor — und zwar von Nordskandinavien über Finnland und Rußland bis Westchina.

Im Engadin kennt man dasselbe oder ein ähnliches Trockengerüst wie im Friaul; dort, in der Schweiz, nennt man dieses den Übergang von der Harfe zum Söller kennzeichnende Gebilde „talina". Die konstruktiven Eigentümlichkeiten dieser Gerüste waren vom Genfersee bis Slowenien dieselben, wobei es ein Einbruchsgebiet zwischen Inn, Comersee, Etsch und Eisack gibt, wo die Harfe schon früh durch den in sich mehrere Funktionen vereinenden Stadel ersetzt worden war: als Garbenspeicher und als Tenne.

Die Raispe (burgenländisch bzw. kroatisch „Tschardake"; Tschardak ist ein persisch-türkisches Wort für die Vorhalle oder Laube [ungar. csárda] eines Hauses) oder das „Türkenhäusl" (tirolerisch) — wie die Harfe aus Holz und als Behälter zum Trocknen vor allem von Mais konstruiert — tritt überall im Südosten dort auf, wo Mais (der auch auf Harfen getrocknet wird) angepflanzt wird.

Daneben gab es die Mühlen, die einst vor allem die steileren Seitentäler bestimmt haben (ihre Typen: die Haus-, Stock- und Fludermühle). Dann die Backöfen, Bienenhäuser, Hausschmieden, Brunnen und Dörren, Preßhäuser und Taubenschläge, die einen Hof je nach Lage und geographischem Bereich in seiner Autonomie gekennzeichnet haben. Auch diese Teile eines Areals befanden sich wie die Speicher in unmittelbarer Nähe der Wohngebäude, im Blickfeld der Bewohner. Neben den Obstdörren spielten vor allem auch die Flachsdörrstuben, im Alpenbereich „Badstuben" genannt, charakteristische und von ihrer Blockbauweise her wieder einen Urtypus bildende Wirtschaftsgebäude wie vor allem auch die verschiedenen Formen der Almhütten und Heuschober über der Baumgrenze.

Eine weitere Besonderheit aus späterer Zeit bilden die „Ziegelgitter" oder „Ziegellüftungsgitter" (Hohmann), deren Strukturformen sich reich auffächern und vielfach Motive oder Symbole aufnehmen, die sich auch auf bäuerlichem Mobiliar finden. Das Verbreitungsgebiet dieser Gitterformen an landwirtschaftlichen Gebäuden reicht von der Steiermark über Kärnten und das nördliche Slowenien bis Ost- und Südtirol und das Friaul. Hohmann nimmt sie als Indiz für „ein allgemeines menschliches Bedürfnis nach Schönheit und Ausgestaltung des eigenen Lebensraums".

Ziegelgitter in Kalsdorf und Stattegg bei Graz/Steiermark

52 Gorjanci-Berge bei Novo Mesto/Slowenien (1972). Zwei parallel gestellte Harpfen, untereinander durch ein gemeinsames Dach verbunden und zusammengehalten durch einen eingebauten Überboden bilden eine Mischform zwischen Harpfe und Pfahlspeicher. Varianten dazu belegen die Abb. 54, 57, 58, 61, 62 und 63. Diese Art der Doppelharpfe mit geschlossenem Mittelteil nennt man in Slowenien „Stuoh".

53 Dosodoledo/Cadore (1975. Siehe Farbtafel 4)

54 Feistritz a. d. Gail/Kärnten (1976). Zwei Beispiele für die Fortentwicklung der Harpfe zum Mehrzweckgebäude mit Unterstellraum. Neben diesen Harpfen vom Typ der „Krainer Köse" treten im Gailtal Haustypen auf, die bereits die mediterrane Nachbarschaft des Friaul erkennen lassen.

55 Gurktal/Kärnten (1975). Gemauerter Speicher mit hölzernem, söllerartigem Umgang.

56 Comeglians/Friaul (1976). Wirtschaftsgebäude mit für Karnien charakteristischen Details (gitterförmige Verkleidung der Öffnungen).

57 Krkatal/Slowenien (1971). Verbindung der Harpfe mit der Scheune zur hausförmigen Hofharpfe, mit gitterförmigen Quer- und Längsverstrebungen und bundwerkartiger Ständerkonstruktion. Das scheunenartige Ober- und Dachgeschoß dient der Aufnahme von Heu und Futter.

58 Sticna/Slowenien (1971). Beispiel für die Wandelbarkeit der Konstruktion einer Doppelharpfe.

59 Forni di Sopra, Karnien/Friaul (1977). Haus mit Lauben und Trockenstangen.

60 Isonzotal/Friaul. Hofensemble.

61 Mislinjatal/Slowenien (1971). Mischform zwischen Harpfe und Scheune mit Geräteschupfen sowie Strohdach.

62 Bei Eisenkappel/Kärnten (1975). Mischform zwischen Harpfe und Geräteschupfen mit Holzschindeldach.

63 Mirnatal/Slowenien (1971). Verbindung der gedeckten Doppelharpfe mit Scheunenausbau im Oberteil — charakteristisch für den Bereich vom Drau- und Gailtal bis Unterkrain (Dolensko).

64 Lesachtal/Osttirol (1976). Kornmühle. In den engen Seitentälern diese Haupttals hatten sich zum Teil ganze Kolonien kleiner Mühlen herausgebildet.

65 Lesachtal/Osttirol. Kornmühle.

66 St. Magdalena-Gsiesertal/Südtirol (1977). Kornmühle.

67 Tisens bei Kastelruth/Südtirol (1977). Stall und Heustadel mit Sonnenzeichen.

68 Albions über Klausen/Südtirol (1977). Stadel.

69 Rosental/Kärnten (1976). Wirtschaftgebäude mit dem für die Gegend charakteristischen Bretterschindeldach (siehe auch Farbtafel 51).

70 Pichling/Steiermark (1975). Wirtschaftsgebäude mit Ziegelfenstern. Die häufig kunstvoll ausgeführten „Giebellucken" und „Stadlgitter" (siehe auch Abb. 118) dienen der Durchlüftung des trocken gelagerten Heus und Getreides. Sie entstanden seit dem Beginn des 19. Jahrhunderts und traten an die Stelle von Holzbauten, die durch Mauerwerksbauten ersetzt wurden.

52

53

54

55

56

57

58

59, 60

61

62

63

64, 65

66

67, 68

69

70

Haus und Hof (Holz)

Dem Einzelhaus, der Einzelsiedlung gilt das besondere Augenmerk dieses Buchs. Es versinnbildlicht den Unabhängigkeitssinn derer, die es in individualisierten Formen errichteten und deren Nachfahren von ihm in ihrem Charakter geprägt wurden. Es handelt sich dabei zum überwiegenden Teil um das Einheitshaus bairischer Prägung in den Tal- bzw. den Paarhof in den Höhenlagen. Im Paarhof liegt auch der Ursprung des Mehrseit- und des Gruppenhofs in seiner Mischung mit dem Einheitshof. Der Gruppenhof mit getrennt stehenden Gebäuden tritt in der Steiermark und in Kärnten nördlich der Drau bis Tirol und vereinzelt bis ins Salzburgische auf. Am interessantesten und lebendigsten sind jedoch die Mischbauweisen weiter im Süden wie etwa in Slowenien, wo sich von Westen her der deutsche Einfluß durch die Ansiedlung der Bischöfe von Freising und Brixen bemerkbar macht, von Süden her der italienische und im Südosten der ungarische und kroatische. Der Grundriß des Bauernhauses ist dort fast immer fränkisch.
Das fränkische Gehöft wird durch die Aneinanderreihung von Wohnbau und Stall charakterisiert. Es tritt meist in Straßendörfern gruppiert auf und deutet nicht nur im deutschen, sondern auch im slawischen Bereich auf planmäßige Anlagen hin. Ausgenommen den Karst und Südtirol sind auch die Weinbauernhäuser meist von der fränkischen Einteilung bestimmt. Der bairische Drei- und Vierseithof bildet schließlich die Erweiterung des Paarhofs wie der Haufenhof.
Ganz allgemein läßt sich sagen, daß die Vielfalt der Baulandschaften zwischen Alpen und Adria ihren Reiz von jener Grundlage her bezieht, die von Römern, Kelten, Germanen und Slawen bestimmt worden war und die im Mittelalter zu besonders vielschichtigen Ausformungen des Holz- und Steinbaus geführt hat. Die Selbstherstellung des Hauses und der Geräte war durch die Naturalwirtschaft bedingt. Auch die später erfolgte Arbeitsteilung mit dem Herausbilden von qualifizierten Handwerkern änderte im Prinzip an der Autonomie der Einzelhöfe bis heute wenig, bedeutete allerdings in Siedlungsgemeinschaften einen kulturell-künstlerischen Aufschwung, wie er etwa in den Holzarbeiten an den Häusern in Rumänien einen hervorstechenden Ausdruck fand, wie man ihm in dieser hochentwickelten Form trotz mancher Parallelen im Alpenbereich nur ausnahmsweise begegnet.
Bis ins 19. Jahrhundert war der Holzbau – ausgenommen die von einem mediterranen Klima bestimmten Regionen – bestimmend auf dem Land. Auf ihn geht ja sowohl der griechische Tempel wie die frühindische Architektur zurück. Die Holzbautechniken wurden von ihrem konstruktiven Aufbau her später auch von den

Ingenieuren für ihre Eisen- und Stahlbauten übernommen. Die ursprüngliche Form bildet der Block- und der Pfostenbau. Im 16. Kapitel seines Buchs „Germania" beschreibt Tacitus (um 100 n. Chr.) einen bis heute tradierten Typus: „Doch bestreichen sie ihre Häuser an gewissen Stellen ziemlich sorgfältig mit einer so blendendweißen Erdart, daß es wie Bemalung und Verzierung mit farbigen Ornamenten aussieht." Gemeint ist damit das Verschmieren von Holzfugen mit Lehm, der mit Kalk geweißt wird.

Holzbauten auf Steinfundamenten traten bereits etwa 400 v. Chr. auf. In Hochgebirgstälern der Schweiz haben sich noch Urformen des Einraumhauses aus Holz (im Karst solche aus Stein) erhalten. Die Entwicklung der Nebengebäude war das Resultat entsprechender Bedürfnisse.

Der unregelmäßige Haufenhof bildet im Gebirge die älteste Gebäudeordnung (etwa in Tiroler und Kärntner Seitentälern; dort als Kärntner Ringhof, der eigenständigsten Gehöftform Kärntens. Er besteht aus dem Wohn-[Rauchstuben-]Haus, dem Getreidekasten sowie zwei nebeneinanderstehenden Stallscheunen [„Blockstadel"]. Das Zentrum dieses Typs findet sich um St. Oswald bei Bad Kleinkirchheim). Ihm folgte der Paarhof (Feuer- und Futterhaus) oder der Streckhof, der Wohn- und Wirtschaftsteil unter einem langgezogenen Dach zusammenfaßt. In Firstrichtung folgen einander Stube, Küche, Kammer, Stall und Scheune.

Für das Wohnhaus, den Speicher und die Mühle hat man zunächst gewöhnlich Vierkanthölzer, für Ställe und Scheunen behauene Rundhölzer verwendet. In einem späteren Stadium verwendete man für das Parterre, dann für das gesamte Wohnhaus Mauerwerk, meist auch für den Stall. In Tirol lassen sich auch Verbindungen der Holzbauweise mit dem rätischen Steinbau finden.

Für die Holzbauten fand meist eine Ständerkonstruktion („Ständerwerk") mit auf Holzsäulen ruhendem Dach Verwendung. Auf Tiroler Bauernhöfen kann man die Form des Bundwerks in kunstvollen Verstrebungen nach wie vor studieren. (Die Vervollkommnung des Ständerbaus ist das Fachwerk, das im Alpenraum nur in alemannisch besiedelten Gebieten auftritt.)

Zum Material Holz: zu ihm hat der Mensch seit alters her die engste Beziehung, weil es für ihn „lebt" (wie übrigens auch der scheinbar „tote" Stein), ein Teil lebendiger Natur ist wie er selbst, gewachsen und von einem bestimmten Charakter beseelt. In der antiken griechischen Philosophie war der Urstoff des Weltenbaus, die Materie, mit dem Stoff „Holz" identifiziert worden. Aristoteles hatte diesen Urstoff mit „hyle", was soviel heißt wie Wald und Holz, gekennzeichnet. Louis I. Kahn hatte den Satz geprägt: „Materie ist erloschenes Licht; wenn Licht aufhört, Licht zu sein, wird es Materie." Im Holzbau, dessen Schönheit sich gerade noch erleben läßt anhand verschiedener, seine Variabilität bezeugender Beispiele, sind Erfahrungen eingegangen, die wie bereits erwähnt auch jüngsten Konstruktionsformen in anderen Materialien dienen. Dem Holz wird für den Innenraum nach wie vor ein Gefühlswert zugesprochen, wie ihn kein anderes Material besitzt. Wie sehr der Mensch heute zum Holzbau zurücktendiert, bezeugte auch eine amerikanische Wanderausstellung, die

„Handmade Houses" aus Holz galt, über die auch eine Publikation erschienen ist: „Von der Kunst der neuen Zimmerleute." Hier und dort wird vor allem in Südtirol noch auf die alten Regeln und Formen zurückgegriffen, wenn etwa ein neuer Stadel erbaut wird. Im übrigen dürfte das Schicksal des Holzbaus besiegelt sein, und bald wird man seinen Formen nur noch in den Freilichtmuseen begegnen können.

Das Haus, „dessen architektonisches Bild in kennzeichnenden Formlandschaften vor uns steht, enthält über das Zweckgebundene, Materielle und Künstlerische hinaus stets noch ein Mehr, das aus dem Innenleben des Menschen stammt" (Richard Wolfram). Dieses Innenleben verlangt nach einer animalischen, intimen, bergenden Komponente des Baus als einer Art schutzgewährenden Höhle. Aus ihr heraus kann er sich seiner Umwelt bemächtigen, aber nicht, um sie auszunützen, sondern um sie zu besitzen.

Das Wirken, Empfinden, Sorgen und Hoffen des Menschen beschränkt sich deswegen nicht auf das Haus und sein Inneres, es tritt aus ihm heraus, trägt die Sprache dessen, der es erbaut hat, weiter. Haltepunkte in der Natur, vom Menschen gesetzt, artikulieren sein Herkommen, seinen Glauben, sein Sicheinswissen mit dem ihn umgebenden Umraum. Wo sich diese Einheit auflöst, wo vergessen wird, warum und wozu sich der Mensch einmal Markierungspunkte gesetzt hat, die sich so und so ausnehmen, bilden sich die negativen Zeichen der Auflösung: verfallende, verwachsende, jahrhundertelang begangene Wege, an ihrem Rand die Ruinen von absterbenden Bäumen, an deren Stelle niemand einen neuen setzt, weil er ihn nicht „braucht", die abbröckelnden Mauern der Bildstöcke, die geplünderten, verwahrlosten Wegkreuze, die eingesunkenen Zäune am Rand von unkrautüberwucherten, versteppenden, von Baumschößlingen durchsetzten, nie mehr gemähten Wiesen ...

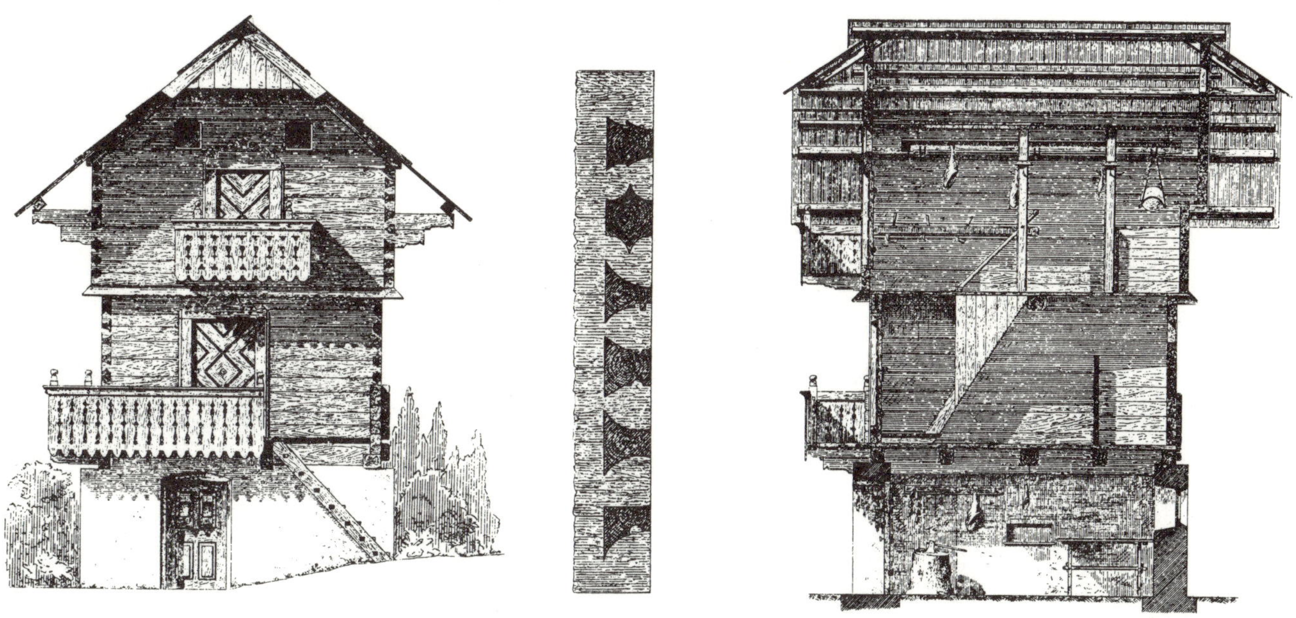

Getreidekasten in Arriach bei Villach/Kärnten

71 St. Martin, Gsiesertal/Südtirol (1977). Klassischer Holzbau mit Söllern über gemauertem Erdgeschoß und mit charakteristischem Blumendekor.

72 Windische Bühel/Slowenien (1971). Strohgedeckter Streckhof.

73–74 Rassach bei Stainz/Steiermark (1976). Blockbauten auf gemauerten Sockeln. Das Wohnhaus des weststeirischen Hofs ist relativ schmal; in die Giebelwand sind häufig nur zwei oder drei kleinere Fenster geschnitten. Häufig wurde an die Traufseite ein Anbau, der sogenannte „Frankenspitz" (von „frontispicium") gestellt, der meist einen Schlafraum enthielt.

75 Übermurgebiet/Slowenien (1971). Verfallender Hakenhof mit Tschardake (rechts).

76 Trifare/Slowenien (1971). Strohgedecktes, mit Pfosten abgestütztes Blockhaus mit Wirtschaftsgebäude (im Hintergrund).

77 Übermurgebiet/Slowenien (1971). Strohgedecktes Wohnhaus mit angesetztem Wirtschaftsgebäude.

78 Briol über Barbian/Südtirol (1974). Paarhof mit versetztem Futterhaus (mittlerweile abgetragen und verändert).

79 Margen bei Terenten/Südtirol (1977). Detail eines Stadels mit für die Feldarbeit benötigten Utensilien und dem Typus einer Egge mit in den Holzrahmen eingeflochtenem Reisig. Sie diente der Verteilung des Mistes auf den Wiesen.

80 Ansitz Zimmerlehen bei Völs/Südtirol (1976). Dem Ansitz vorgelagerter Hof.

81 Passertal bei Riffian/Südtirol (1977). Paarhof mit Verbindungsgang vom Wohn- zum Futterhaus.

82 St. Magdalena im Gsiesertal/Südtirol (1977). Hochalpiner Paarhof mit typischem gedeckten Verbindungsgang.

83 Kartitsch/Osttirol (1976). Wohnhaus eines Paarhofs in der für die Sonnenseite des oberen Lesachtals charakteristischen Steillage.

84 Die Höfe von Talson über Weithenthal, Pfundertal/Südtirol (1977). Felder und Wiesen verteilen sich über eine extrem steile Hanglage; die Höfe haben ihren ursprünglichen Charakter noch bewahrt.

85 Sauris/Friaul (1975). Wohn- und Wirtschaftsgebäude mit vorgebauter Trockenlaube. Der Ort wurde im Mittelalter von Osttirol her besiedelt, was den Charakter eines derartigen Baus in Karnien erklärt.

86 Ahornach/Südtirol (1977). Hof „Kofler zwischen den Wänden" (1528 m). Das Hofareal liegt extrem abgelegen über steilen Wiesenhängen und unterhalb abweisender Felsabstürze. Die Abfolge seiner Bauteile: Wohnhaus, Futterhaus, Scheune, folgt den Bedingungen des Geländes.

87–89 Gadertal-Enneberg/Südtirol (1976). Die Pfaffenberghöfe hoch über der Talschlucht werden durch nebeneinanderstehende verschiedene Bautypen genau an der Sprachgrenze zwischen dem deutschsprachigen und dem ladinischen Bereich charakterisiert. Der linke Hof trägt ein steiles Satteldach des rätischen Typs, der rechte ein breiteres mit gewalmtem First. Den Wohnhäusern entsprechen auch Stadel- und Nebengebäude.

90 Grafenbach, Saualpe/Kärnten (1975). Wirtschaftsareal und Gasthof „Klade". Die Gebäudegruppe aus Holzbauten umfaßt noch eine Schmiede, eine Mostpresse und andere nicht mehr im Gebrauch stehende Teile. Dicht benachbart eine neu erbaute Pension, die das alte Gebäude nach und nach ersetzen soll (nicht im Bild).

71

72

73

74

75

76

77

78

79

80

81, 82

83

84

85

86

89

87, 88

90

Lebendiges Werden

Jedes Haus verfügt über eine Individualität, die jene seines Erbauers oder derer ist, von denen es ein Bewohner übernommen hat, „um es zu besitzen". Diese Individualität wird dem jeweiligen Bauwerk über seine funktionellen Bestandteile hinaus zunächst mitgeteilt – dann spricht sie schließlich aus ihm selbst. Und als das Haus noch als lebendiger, lebenerfüllter, organischer Teil dessen empfunden werden konnte, der in ihm lebte, stand es mit ihm auch in einem Verhältnis, das natürlich mehr umschloß als nur seine Nutzung. Der „unbehauste Mensch" ist eine Folge des Verlusts seiner selbst, wie er sich in entsprechender Architektur niederschlägt.
Die zunehmende, lokalen Bedürfnissen folgende Differenzierung des einfachen, aus vier Wänden und einem Dach bestehenden Baus konnte erst jene Vielfalt, Lebendigkeit und jenes farbige Kolorit ergeben, das auch durch vom Schema abweichende individuelle Eingriffe erreicht wurde. Auch wenn ein Prototyp je nach Baulandschaft derselbe bleibt, ergeben Zubauten bzw. Gliederungen, die sich auch nach klimatischen, topographischen und geländebedingten Gegebenheiten richten, eine Form der Rhythmisierung und Gliederung, durch die ein Bauwerk erst seine spezifische Eigenart entwickelt. Da sind einmal die verschiedenen Formen von Vordächern und Vorlauben, die in gebirgigen Gegenden zur Hochlaube ausgebaut wurden. Sie bilden Gänge um das Haus und erfüllen als „Gewandstangen" eine praktische Funktion: sie dienen dem Trocknen von Wäsche und Früchten, aber auch von Getreide und Heu in klimatisch feuchteren Regionen (wie im Friaul).
Zu diesen Lauben treten die verschiedensten Konstruktionen von Außentreppen aus Holz oder Stein. Weitere Gliederungselemente bilden Bogen und Lauben, Säulenvorhallen und Erker, Rundbögen, Loggien und Toreingänge, die regional zu den vielfältigsten Erscheinungen führen wie etwa die Säulenvorbauten im Grazer und Leibnitzer Feld, einem jüngeren Haustyp aus dem 19. Jahrhundert, beeinflußt von der klassizistischen Bauweise des Biedermeier. Säulenvorbauten sehr eigenartiger und wechselnder Art gibt es aber auch in Slowenien, und zwar vor allem im weiteren Umkreis von Adelsberg (Postojna).
Wo derartige Formen in neueren Bauten kopiert werden (etwa in Form von um das Haus herumführenden Balkonen, Umgängen, die als „Sonnenterrassen" benützt werden sollen, wo die ursprüngliche Funktion also nicht mehr gegeben ist), tritt „Rustikales" an die Stelle des Zweckgebundenen und Logischen, womit aber auch das Falsche derartiger Architektur ungewollt sichtbar gemacht wird. Niemals handelt es sich bei alten Hausformen bloß „um starre Blöcke, sondern um Erschei-

nungen eines dauernd lebendigen Werdens“ (Leopold Schmidt). Dieses Werden artikuliert sich in Annexen, in Zubauten, in Abänderungen oder in Formen, die dem Bau von vornherein seine Charakteristik geben. Mit ihr hängt zusammen das Überlappen bestimmter Eigenheiten von einer Baulandschaft in die andere – vor allem in Gebieten, die kulturhistorisch eng miteinander verflochten sind. Der Torbogen etwa, eine bestimmte Art der Öffnung in ein Hofareal, ein Haus von den Proportionen und Ausnehmungen her, läßt gerade im „illyrischen“ Bereich gemeinsame Formen, Determinierungen erkennen. Das rührt nicht zuletzt daher, daß Kulturen, wie Konrad Huber bemerkte, nicht stationär sind:
„Sie bilden sich in einem begrenzten geographischen Raum unter bestimmten klimatischen und geographischen Bedingungen. Wenn sie voll ausgebildet sind, beginnen sie zu wandern. Nach allen Seiten fließen sie über die Ränder ihres ursprünglichen Lebensraumes, bis sie in eine Umgebung kommen, in der ihre Form in keinem Verhältnis mehr steht zu den veränderten natürlichen Lebensfaktoren. Dann erfolgt die Umgestaltung nach den neuen Bedürfnissen: aus derselben Anlage, derselben Idee, entsteht eine neue Form.“
Das Leben einer Landschaft ist in erster Linie durch ein Miteinanderverschmelzen derartiger Formen, durch ein Korrespondieren zwischen ihnen und dem, was die sie umgebende Natur prägt, bestimmt. Aus ihr rekrutiert sich, was eine Form materiell bedingt. Wer die Geschichte ignoriert, die Traditionen abreißen läßt, eine Kontinuität – die ja kein Produkt des Zufalls ist – mißachtet, landet schließlich beim starren Block, der nicht mehr vom Menschen gegliedert, geordnet, bewegt, sondern von den technischen Möglichkeiten bestimmt wird und daher nie zu atmen beginnt, kein Leben gewinnt.

Haus mit Speicher bei Frohnleiten/Steiermark

91 Forgària/Friaul (1976). Steinhäuser im Friaul werden häufig von einem vorgesetzten Gerippe aus hölzernen Treppen, Lauben und Balkonen unter auskragenden, steinbeschwerten Dächern bestimmt. Die meisten von ihnen fielen in diesem Bereich den Erdbeben des Jahres 1976 zum Opfer, darunter auch das hier gezeigte Beispiel.

92 Forni di Sopra, Karnien/Friaul (1977). Balkon, Laube und Trockenstangen in „Funktion" während des Herbstes.

93 Grafenbach, Saualpe/Kärnten (1975). Detail des Gasthofs „Klade" (siehe Farbtafel 90) mit charakteristischen Eckverbindungen, dem sogenannten „Kopfschrot" und in den Blockbau eingeschlossenem gemauertem Teil. Neben dieser gebräuchlichsten Form der Eckverbindung gibt es noch den „Kling"- und den „Kugelschrot" sowie die kunstvolle „Schwalbenschwanzverblattung", etwa an Speichern.

94 Ahornach/Südtirol (1977). Zaunlandschaft vor Stall- und Futtergebäude. Die Ziegel für das neue Dach liegen bereit.

95 Navarons bei Maniago/Friaul (1974). Kombination zwischen gemauerter und hölzerner Freitreppe mit Laube.

96 Voltois, Karnien/Friaul (1975). Balkonkonstruktionen an gemauerten Hausfronten in enger Verschachtelung.

97 Isonzotal/Friaul. Auskragender Dachfirst mit Balkon.

98 Rupinpiccolo/Triestiner Karst (1975). Freitreppe.

94 Prosecco/Triestiner Karst. Gedeckte steinerne Freitreppen.

100 Rupinpiccolo/Triestiner Karst (1975). Haus mit eingestürztem Steindach.

101 Cludinico/Friaul (1975). Konstruktion von Treppenaufgängen und Lauben über steinernem Treppensockel. Derartige Gebilde treten in Karnien in variationsreichen Formen auf.

102 Enemonzo/Friaul (1975). Bauernhaus mit Laubenbögen in einer für bestimmte Regionen Karniens charakteristischen Bauweise. Mittlerweile zerstört.

103 Marsure bei Aviano/Friaul (1975). Hofeingang mit Backofen.

104 Podkraj/Slowenien (1969). Säulenvorbau an einem Gehöft abseits der Durchzugsstraße Laibach-Adelsberg.

106 Rupingrande/Triestiner Karst (1970). Detail eines charakteristischen Karsthauses.

107 Calce/Slowenien (1972). Haus mit Säulenvorbau. Gemauerte Bauernhäuser mit klassizistischer Haltung finden sich heute noch vor allem in der Südsteiermark und in Slowenien.

108 Aurisina/Triestiner Karst. Hofareal mit charakteristischem Eingang.

109 Bagnoli/Triestiner Karst. Hofeingang in Bogenform.

110 Eppan/Südtirol (1977). Hofeingang.

111 Rupingrande/Triestiner Karst (1975). Dem Verfall preisgegebenes Karsthaus mit gemeißelten Blöcken für Tür- und Fensterrahmung und Balkonträger. Für Steinmetzarbeiten dieser Art wurden im Karst qualifizierte Handwerker herangezogen — so wie auch andernorts im ländlichen Bereich für Sonderaufgaben Fachleute engagiert worden waren, die für Herrschaftsbauten tätig gewesen sind.

91

92

93

94

95

96

97

98

99

100

101

102

103, 104

105

106

107

108

109

110

27 26 25

111

Haus und Hof (Stein)

Steinbauten treten vor allem in den holzarmen Gebieten am Südabfall der Alpen und dort speziell im Karst (einem geographischen Begriff seit alters her) auf. Aus Bruchsteinen und Findlingen entstanden ohne Bindemittel und vielfach unverputzt jene Bauten, die zwischen dem Friaul und Istrien anzutreffen sind. Die nächste Stufe ist das durch den Mörtel (neuerdings Beton) gebundene Steinmauerwerk, durch das sein Gefüge verändert und schließlich auch zerstört wird, weil der Beton vor allem keine „gewachsene" Struktur mehr zuläßt. Dasselbe Phänomen läßt sich auch an beliebigen Mauerkonstruktionen (von der Stützmauer bis zur Abgrenzung) beobachten, wo sich der Rhythmus der Lagen und Führungen erheblich verändert, der Reiz des Natürlichen verlorengeht, sobald moderne Mittel angewandt werden. Die Betonmauer bildet letztlich den absoluten (negativen) Gegensatz zum Trockenmauerwerk.

Uralte Typen des primitiven Steinbaus bilden die den apulischen Trulli ähnlichen Bauten mit übereinandergeschichteten, nach oben hin vorkragenden und ein „falsches Gewölbe" bildenden Typen, wie man ihnen im Karst noch begegnen kann. Die Varianten des Karsthauses gleichen in ihrer Vielfalt überhaupt einem Lehrgang des frühen Steinbaus. Man unterscheidet zwischen dem mediterranen, friulanischen und dem karnischen Typus, der jeweils die natürlichen, sozialen und ökonomischen Bedingungen derer kennzeichnet, die ihn errichtet und bewohnt haben. Die natürlichen Bedingungen werden vom Klima (der Hitze, dem Wind – der Bora –, der Notwendigkeit einer Anlage von Wasserreservoirs) bestimmt. Im Karst gibt es kaum Schneefall, daher sind die Dächer nur mäßig geneigt, Heizmöglichkeiten sind von vornherein keine vorgesehen, und die Zisternen dienen wegen des Mangels von Wasser an der Oberfläche dem Sammeln des Regenwassers.

Megalithische, prähistorische Strukturen haben in den „casite", den Feldhütten aus mörtellosem Gefüge und einer (falschen) Kuppel oder einem Zeltdach, die Zeiten bis heute überdauert. Sie finden sich entweder dem Gelände oder einer Steinmauer eingebunden – etwa dort, wo sich zwei Mauern kreuzen. Vielfach stehen sie auch am Rand von Dolinen, die ihrerseits und durch die Art ihrer Nutzung bzw. Bewirtschaftung gliedernde Elemente in der Landschaft bilden.

Die Mauern, von denen derartige Phänomene begleitet werden, treten in zwei Formen auf: einer einfachen und in einer Art Doppelführung, in der Mitte aufgefüllt. Sie dienen einerseits der Begrenzung des Besitzes und als Windschutz, sind andererseits aber auch einfach das Resultat der von Steinen befreiten Felder.

Das einfache Karsthaus hat einen rechteckigen Grundriß und ist ebenerdig. Es wurde aus roh behauenen Kalksteinblöcken errichtet und mit einer Mischung aus roter Erde, Wasser und wenig Kalk (Mörtel) gebunden, aber nicht beworfen. Im Inneren gibt es einen Gemeinschaftsraum, mitunter eine Trennung zwischen Zimmer und Küche. Die dennoch anzutreffenden verschiedenen Ausformungen des Bauernhauses sind der Wirksamkeit zahlreicher Einflüsse zu verdanken. Ursprünge sind zweifellos in der sogenannten „Castellieri"-Kultur der Eisen- und Bronzezeit zu finden, die auf den Hügeln von einer veneto-illyrischen Bevölkerung entwickelt worden war. Nach dem Eindringen der Römer waren italische, später slawische Einflüsse wirksam. Drei ethnische Elemente, die zumindest an den Küstenorten oder in weniger unwegsamen Gebieten zu differenzierteren und höherstehenden Bauformen führten, waren das Auftreten des germanischen feudalen Adels, der bäuerlich-slawische und der italische Einfluß. Im oberen Karstbereich ist der slawisch-alpine Haustypus mit deutschen Einsprengseln dominant.

Das mediterran bestimmte Steinhaus („carsico-mediterrano") ist häufig monozellular, steht oft auf gewachsenem Fels und wurde aus rohen Kalksteinquadern mit Steindach erbaut. Nur Türen und Fenster bestehen aus behauenen Kalksteinquadern. Öffnungen im Dach dienen dem Rauchabzug. Der zweistöckige Bau ist mit steinernen Freitreppen ausgestattet. Holzbalkone kündigen bereits das friulanische Element an. Angebaut findet sich vielfach die Feuerstelle mit Backofen, der „focolare", mit einem ebenfalls steingedeckten Dach und dem charakteristischen Kamin. Diese Feuerstelle findet sich im friulanischen Haus („carsico-friulano") nicht mehr auf dem Boden, sondern gehoben. Daneben steht der Backofen. Holzbalkone auf steinernen Trägern (mensole) sind ebenso kennzeichnend wie Stiegenaufgänge auch im Inneren, die zu den Balkonen führen. Häufig treten kleine Innenhöfe (cortile) mit Zisternen auf.

Der heute seltene karnische Typus („carnico-veneto") enthält Bogeneingänge im Parterre und Säulenteilungen der Loggia im Obergeschoß. Das klassische Karst-Portal wird von einem Architrav mit Trägern aus Stein gebildet. Es wurde durch Steinmetzarbeit oft kunstvoll bearbeitet.

Weiter im Norden hat sich der rätische Steinbau als zählebig erwiesen. Traditionsgemäß sind dort, wie etwa in Tirol, die Wohnhäuser im Steinbau, die Futterhäuser in Holzkonstruktionen errichtet worden. Der Steinbau aus Bruchsteinen ist im westlichen Alpengebiet häufig anzutreffen. Diese Steinbautradition läßt sich vor allem auch noch an erhaltenen Beispielen in Karnien und im übrigen Friaul ablesen. Verwandtschaften zum Engadiner Haus sind natürlich keine zufälligen. Wo es sich um Holzhäuser handelt, wurde zumindest der Sockel oder der Küchen-Stuben-Teil aus Mauerwerk errichtet. Bereits in der späten Eisenzeit wurden Wände aus Blockbauten auf Steinfundamente gestellt, ähnlich der Art, wie heute im Gebirge vor allem Scheunen, Ställe und Speicher auf Steinsockeln ruhen.

Andererseits ging vom gemauerten, vielfach gewölbten Küchenraum bei Holzbauten die Tendenz aus, weitere Teile des Hauses durch Stein zu ersetzen.

Bauernhaus in Unterkobdil bei Görz/Slowenien

112 *St. Peter, Grödental/Südtirol (1975). Gemauertes Wohn- und halbgemauertes Futterhaus, beide Gebäudeteile durch einen Quertrakt an der Rückfront abgeschlossen (siehe Aufsicht Abb. 41). Typisch für das gesamte ladinische Gebiet ist der laubenartige „Palancin", das Trockengerüst am Stadel. Vorgebaute Trockenlauben an Bergscheunen erstrecken sich von Karnien bis in die Südschweiz.*

113 *Istrien (1972). Steinhaus aus Bruchsteinen, behauenen Fenstereinrahmungen und Ecksteinen in zum Teil mörtelloser Schichtung wie in den primitiveren Unterständen (Abb. 25–27).*

114 *Friaul (1976). Steinhaus mit hölzerner Freitreppe und Laube über auskragendem Dach.*

115 *Stanjel (San Daniele)/Slowenien (1972). Steinhaus mit steinernen Dachtraufen und Zisterne.*

116 *Andrazza, Karnien/Friaul (1975). Wohn- und Wirtschaftsgebäude im Stein- und Blockbau mit vorgelagerten Trockengerüsten, wie sie sich aus den Harpfen entwickelt haben. Das Gerüst steht nicht auf dem Boden, sondern schwebt in der Luft. Typen dieser Art charakterisieren noch den nordwestlichen Teil Karniens.*

117 *Waidbruck/Südtirol (1976). Edelsitzartiger mittelalterlicher Hof (Unterfinser) zwischen Edelkastanien.*

118 *Bei Feldbach/Steiermark (1976). Wirtschaftsgebäude mit „Giebellucken" in ornamentierter Form.*

119 *Borovci bei Ptuj (Pettau)/Slowenien (1971). „Ein kleines Haus, höchstens zwei Fenster übereinander; das, was man bisher als Bude bezeichnet, ist der Palast der Zukunft!" (Josef Frank, 1930).*

120 *Rupingrande/Triestiner Karst (1975). Steinhaus mit steinplattengedecktem Backofen.*

121 *Rupingrande/Triestiner Karst (1969). Steinhaus.*

122 *Weinhof Kreith zwischen Eppan und Kaltern. Südtirol (1977).*

123 *Hof bei St. Michael-Eppan/Südtirol (1977) mit charakteristischen Überetscher Bauteilen wie Erker und Bogenfenster.*

124 *Hof in den Weinbergen über St. Jakob in Kastelaz bei Tramin/Südtirol (1977).*

125 *Am Monte Prât/Friaul (1976). Steinmauern gliedern Wiesen- und Ackerparzellen, grenzen Besitztümer ab, säumen Wege.*

112

113

114

115

116

117

118

119

120

121

122, 123

124

125

126

128

127

129, 130

131, 132

133

134

135

136

ERTZ
Fraumburg
Muraw
Newmark
Hunczmarck
Stayn
IUDEN
Friesach
GURCK
Strasburg
Altnhoven
Lamprecht
Silberperg
Kalsperg
Leubneck
Gemund
Dolach
Lyseneck
Milstat
Spitall
Glaneck
ERTZ
KARNTEN
S.Veit
Bas
se
Seeburg
CLAGENFURT
Solfeldt
Windisch Matray
Draburg
Saxnburg
Ortnburg
Haute
Landscron
Villach
Werd
Vitring
Hollemburg
Gurnicz
Volckmark
Lienez
DU
DE
CARINTHIE
Oberndorf
Ober Kapel
Rechberg
Pleynburg
Aichelberg
Federaw
Rega
Veistricz
Kraveck
Ca
rin
thie
Maydenburg
Leschach
Dropilach
Arnolstein
Weisenfels
Lengfeld
Hau
te
Neumarck
Neuburg
Michlstetten
Klein Tarvis
Campo rosso
Pontebaimper
Esling
Figram
Velda
ERTZOG
Ratmansdorf
Crainburg
Fledniek
Moscardo
Ponteba Venet
Guardegnano
Chiusa di Plez
Plez
Car
ni
Biscopslack
Schencknthum
Oltri
S.Pietro
Tolmez
Chiusa
Raccolano
Billa
Chiavoreto
Lizonza
Wallenburg
KRAIN
Kaltenbrun
Rastenbach
Gerischag
Venzone
Gemona
Rasiuta
Votzana
Tolmino
Baza
Idria
Bergana
Natisone
Billigratz
Klein Laubach
Mte Regale
Pilagogna
Spopo
C.Nuovo
Coloredo
S.Pietro
Cosice
S.Leonardo
Solumberg
S.Daniele
Fagagna
Ciudad di Friuli
Canal di Roncina
Hayden schaft
Upao Vesbach
DUCH
BELLUNO
Spilimbergo
Chiavoriaco
VDINE
Friuli
CORITIA
Lucinise
Cormo
Gorice
Oberlaubach
Patria
di
Valvasone
S.Darigo
Sedicino
Codroipo
DI
PALMA la nuova
Vatisone
Gradisca
Gmind
Lerembergo
S.Vito
Sendseck
Polcenigo
STATO
Porcia
Sacille
Zoppola
Cusano
Vill Alta
S.Vido
Castron
Campo lungo
Ranzano
Rocca
Falcone
S.Daniele
Adelsperg
Sorravalle
CENEDA
Pardonone
Sesto
Cordonato
Bulgrado
Arvis
Fonti di Timavo
Duino
Prosecco
Prem
niol
Conegliano
Bussalleto
Meduna
Salvaruolo
Gruaro
Tisano
Palazzo
Marano
AQUILEIA
Tybeinon
TRIESTE
S.Servo
Jablonicz
Colalto
Oderzo
Motta
Sumago
CONCORDIA
Zuchi
P.di Camar
Gambrovizza
S.Salvadore
Piave
VENE
Pignada
Golfo
di Lisonzo
P.de gli Olmi
P.de Gasel
Muglia
Rosaruolo
Czernico
Trevigia
TREVIGI
GRADO
di Trieste
Isola
CAPO D'ISTRIA
Popetchi
Piguent
Altino
Pto della Piave
Pto di Langugnano
Pirano
Punta di Salvore
Golfo Largon
Pietra Petos
Pto di Lio Maggior
Mestre
Murano
Umago
Momiano
Grisignana
Villanuova
Montona
GOLFO DI
TIA
Pto di Venetia
Lido
Castelli
Porto di Malamocco
Emona
Rouin
Cittanuova
Wexenstein
Bastia
Visinada
Novac
Visignano
Galignana
Palestrina
Pto di Chiogia
Mille Pas Geometr.
Lieues communes d'Allemagne
Abrega
S.Lorenzo
Parenzo
Orsera
VENETIA